Paul di GIOVANNI

MONA
UNE AVENTURE PARTICULIÈRE

— roman —

Les Presses du Midi

La peinture de la couverture
a été réalisée par le peintre Claude Luca

Impression PDM

---

121 avenue d'Orient - 83100 Toulon
Tel. : 04 94 16 90 20 - Fax : 04 94 16 90 29
Dépôt légal décembre 2000
ISBN : 2-87867-293-3

PRÉFACE

Paul di Giovanni est déjà l'auteur de "Senteur d'Opium", cette saga familiale aux rebondissements d'événements historiques et sentimentaux primée en 1997 par l'Académie Poétique et Littéraire de Provence.

En cette année 1999 voici que nous arrive "Mona, une aventure particulière", deuxième roman de Paul di GIOVANNI, cette fois avec un PRIX D'HONNEUR !

Un célèbre rallye pour cadre, un décor africain de dunes de sables et de pistes cahotantes, des machines vrombissantes, un couple qui se cherche dans cette aventure où rodent tous les dangers...

Voilà bien du vrai di GIOVANNI avec son lyrisme, sa tendresse et sa générosité !..

Roger Blanc
Président de l'Académie Poétique
et Littéraire de Provence.

Remerciements

À ces personnages qui m'ont encouragé et soutenu dans la réalisation de cet ouvrage.

Roger Blanc - Président Fondateur de l'Académie Poétique et Littéraire de Provence

Christian Lambert - Gérant de la Société 4X4 CHOC

Antoine Zanaboni - Propriétaire du célèbre restaurant Caruso

Michel Maindru - Photographe officiel du DAKAR-T.S.O.

Claude Luca - Artiste-peintre

En particulier à ma Muse et compagne dans la vie, Huguette Lavigne, sans qui rien n'aurait pu s'écrire.

Note de l'auteur

N'ayant pu réaliser mon rêve - participer à cette fabuleuse course qu'est le rallye "Paris-Dakar", devenu depuis 1996 "Granada-Dakar", - j'ai écrit ce roman "Mona, une aventure particulière".

À travers une fiction sentimentale, j'ai surtout voulu décrire la grandeur de cette épreuve mythique qui exige tant de courage, d'endurance et de capacités de la part de ces femmes et hommes qui s'y engagent, parfois au péril de leur vie !

Dans ce monde cruel et violent, la vie est souvent une grande aventure pleine d'incertitude où, la passion et l'amour parfois triomphent.

Paul di GIOVANNI

Mona, une aventure particulière

À ma petite fille Johanna

PROLOGUE

L'édition du célèbre rallye du Lac Rose était en cours depuis plus d'une semaine. Ce mercredi 10 janvier voyait se disputer la dixième étape Tichit-Kiffa, longue de 535 kilomètres "à rallonge", si l'on peut dire, par les multiples difficultés d'un terrain instable, parsemé de trous et de bosses qui sont autant de pièges pour les concurrents mis à rude épreuve, peinant et souffrant sans devoir pour autant jamais faiblir...

Dans le ciel bleu de Mauritanie couvrant de son immensité l'étendue du désert, un hélicoptère blanc suivait la moto Honda verte et blanche pilotée par un jeune Marseillais de 22 ans qui s'était lancé ici dans son premier rallye. Le bon comportement dans la course de ce motard, qui démontrait de façon évidente ses qualités techniques et sportives, avait attiré l'attention de journalistes-reporters qui avaient décidé de couvrir la randonnée de ce "numéro 109" lors de cette dixième étape.

La moto roulait à très vive allure, rugissant de toute sa puissance, sur la piste de sable incertaine, en soulevant sur son passage un nuage continu de poussière. La passe de Néga, qu'il fallait emprunter ce jour-là, était très difficile à trouver et, souvent, les concurrents s'égaraient sur les nombreuses autres pistes sablonneuses.

Soudain, le caméraman, qui cadrait le coureur du haut de son hélicoptère, vit la moto qui commençait à zigzaguer dangereusement en des dérapages nettement incontrôlés. Au bout de quelques dizaines de mètres de ce manège infernal, ce fut l'accident. La roue avant de la moto s'était brutalement bloquée dans une grosse ornière surgie tout à coup. Le motard, projeté irrésistiblement par les forces conjuguées de sa vitesse et du choc, avait fait un vol plané de plusieurs mètres avant de chuter lourdement sur un espace rocheux de la piste.

Le pilote de l'hélicoptère venait, lui aussi, d'assister à la scène dramatique. Sans attendre, il avait posé son appareil à proximité de l'accidenté et lancé dans sa radio un appel urgent aux services de secours du rallye pour qu'ils interviennent le plus rapidement possible.

Le caméraman, qui avait sauté promptement de l'hélicoptère à peine stabilisé, continuait de filmer l'événement...

Ce qui avait fait hurler de colère le pilote qui s'était penché sur le corps inerte du malheureux.

- Arrête de filmer... il est mort !

Sur le réservoir de la moto, un nom était inscrit, couvert de poussière comme celui qui le portait : Romain Laslo.

La mort tragique du motard avait créé une profonde déchirure dans le cœur de sa fiancée qui subsistait toujours des mois plus tard. Cette jeune fille habitait à Marseille le populeux quartier du Panier, place des Moulins. Elle s'appelait Mona. L'annonce de ce qui était arrivé à celui qu'elle aimait tant avait provoqué en elle une violente réaction. Ce coup du sort la révoltait et c'était cette révolte qui générait la violence d'une douleur puis d'une résolution qui étaient celles de quelqu'un qui vient de perdre son bien le plus précieux : l'amour d'un être cher...

Puisque cet être lui avait fait connaître le bonheur, elle en garderait farouchement la mémoire et allait se battre pour lui, profondément, sauvagement.

***

PREMIÈRE PARTIE

“SOUVENIRS ET RENCONTRE”

De la terrasse de sa somptueuse villa du parc Talabot, résidence de luxe des bords de mer de la ville, située sur les hauteurs de la promenade de la corniche Kennedy, Hélène, fille d'un riche industriel, admirait le magnifique panorama qui s'étendait sous ses yeux. Elle aimait passer de longs moments à contempler ainsi l'étendue d'une mer Méditerranée avec, comme posées sur sa surface bleue, les îles du Frioul, de Pomègue, de Ratonneau, du célèbre Château d'If et du Phare du Planier qui semble, lui, marquer la limite visible de l'horizon.

Une coupe cristalline de champagne à la main, la jeune femme paraissait se griser, autant que de sa boisson, du léger souffle de Mistral qui faisait balayer son visage par ses longs cheveux blonds.

Le claquement soudain d'une porte dans la maison avait fait sursauter la belle contemplative qui, sans doute un peu ivre, avait quitté la terrasse d'un pas incertain.

Thierry, son compagnon, venait d'arriver.

C'était un homme d'âge mûr, d'assez belle allure, ses quarante-quatre ans bien assumés par de larges épaules de sportif et une taille au-dessus de la moyenne. Son visage montrait juste ce qu'il faut de rides de caractère pour souligner une masculinité tranquille et résolue.

Faisant semblant de ne pas apercevoir le nouveau venu, la jeune femme s'était écriée :

- Thierry, c'est toi ?

Dans son mouvement, elle avait failli renverser le reste de champagne encore dans sa coupe sur le tapis et, la main sur sa bouche pour réprimer un hoquet, avait vu surgir l'homme devant elle.

- Ne crie pas comme ça, je ne suis pas sourd, avait déclaré celui-ci, agacé.

Ayant remarqué sur la table du salon le seau à champagne avec sa bouteille dedans, Thierry avait voulu se servir mais la bouteille était vide !

- Tu as bu tout le champagne, Hélène ?

Cette réflexion avait déchaîné la fureur de celle-ci.

- Oui, oui ! avait-elle hurlé, les yeux exorbités, as-tu vu l'heure qu'il est ? Il est une heure et demie et tu devais venir déjeuner à midi !...

Thierry avait dévisagé la femme en colère qui lui faisait face et lui avait calmement répondu.

- Ce n'est pas une raison pour te saouler ainsi.

Folle de rage, Hélène, incapable de se contenir, avait lancé sa coupe en direction de son interlocuteur qui l'avait évitée de justesse, celle-ci allant ainsi terminer sa trajectoire contre le mur, éclaboussant de son liquide une grande tapisserie murale... Contrariée d'avoir manqué sa cible et au paroxysme de sa rage, la furie s'était élancée en titubant, décidée à lacérer de ses ongles le visage de son amant qui, heureusement, put saisir les mains tendues vers lui puis repousser violemment son attaquante... Déséquilibrée, celle-ci était allée s'affaler dans un grand fauteuil de cuir noir placé opportunément près d'elle.

- Tu n'es qu'un minable, continuait-elle de vociférer, tu n'étais qu'un petit comptable de quatre sous C'est grâce à moi si tu es directeur chez mon père.

Elle essayait en vain de se lever du fauteuil.

- C'est faux, avait répondu Thierry, devenu furieux à son tour. Si je suis arrivé à ce poste de Directeur commercial, c'est grâce à mon travail et à mes compétences, tu n'y es pour rien ! Je ne te dois rien du tout. Tu ignores ce qu'ont été les sacrifices de mes parents et aussi les miens tout au long de mes études et pour la réussite de mes examens ! Moi, je n'ai pas eu la vie dorée comme toi ; très tôt, j'ai dû travailler dur avant d'en arriver là. Toi, tu ne penses qu'à dilapider l'argent de ton ex-mari, celui de ton père et le mien. Tu es capricieuse, orgueilleuse et paresseuse !

Hélène, éberluée par ce flot de paroles, ne pouvant supporter d'en entendre davantage, arrivait enfin à s'extraire du fauteuil et, sans mot dire, quittait la pièce en claquant violemment la porte derrière elle.

Fortement contrarié par cette scène, Thierry, lui, était sorti sur la terrasse. Il avait respiré une longue bouffée d'air frais, comme pour mieux se purifier intérieurement de cette atmosphère étouffante et crispante dans laquelle il baignait trop souvent ici, avec cette femme... Son poing droit s'abattit deux ou trois fois sur la tablette des balustres ceinturant la terrasse. Il était fou de rage d'avoir entendu sa compagne le traiter de minable et de petit comptable de quatre sous, même si le champagne qu'elle avait absorbé lui avait sans doute troublé l'esprit ! C'était injuste, trop humiliant... Ces mots, ces termes vexants d'Hélène le mettaient hors de lui. Le poids de la différence sociale qui les séparait, surtout en des instants comme celui qu'il venait de vivre, était trop lourd à supporter. La jeune femme avait cette façon perfide de nuire, sournoise, comme par plaisir !

Le père et la mère de Thierry ne possédaient pas d'entreprise et vivaient simplement d'un labeur quotidien courant ; ils s'étaient sacrifiés pour que leur fils puisse faire des études de comptabilité de haut niveau...

Debout sur la terrasse, les mains dans les poches et son regard perdu dans les lointains de cette mer qui s'étendait en contrebas, Thierry, un peu calmé, revoyait une partie de son enfance...

"... C'était en 1964, un mercredi de l'été. Il avait alors quatorze ans. Ce jour-là, il avait fait un rêve... Revenant de l'école très décidé, il s'était dirigé, après avoir posé son cartable dans l'entrée, vers sa mère occupée dans sa cuisine à préparer le repas, pour lui parler de son rêve, à savoir posséder une bicyclette...

- Une bicyclette ! mais tu n'y penses pas, s'était écriée la maman, tu as la folie des grandeurs, mon garçon ! Tu sais combien cela coûte cher ? Songe avant tout à passer ton certificat d'études !

Déçu par ce refus, le petit Thierry était sorti, la tête basse, dans le jardin.

Au fond de l'allée se trouvait un petit banc de pierre, sous un magnifique figuier, où son grand-père s'asseyait chaque soir après avoir arrosé son potager composé de plusieurs rangées de tomates, attachées à des piquets de bois bien plantés et alignés, voisinant avec de grands tournesols qui ressemblaient à autant de soleils.

Assis lui-même sur ce banc de pierre, l'enfant avait le cœur gros. Il songeait à cette phrase que son père disait toujours : "Un homme ne pleure pas et doit surtout travailler pour élever sa famille". Fort de ce dicton et refoulant ses larmes, il avait pris la décision de réussir "son" certificat d'études puis d'aller travailler pour acheter, un jour le plus proche, ce vélo tant désiré !

Quelques jours plus tard, le jeune Thierry avait gagné son pari ! Il avait passé avec succès ce fameux certificat.

Très heureuse et émue, sa mère lui avait dit :

- J'ai vu ton oncle René, il a un cabinet comptable et il est d'accord pour t'apprendre la comptabilité. Tu verras, mon fils, c'est un bon métier. Tu pourras commencer après les vacances scolaires.

Ce soir-là, le père était revenu très tard de son travail et son fils était déjà couché. Celui-ci entendit à travers la cloison qui séparait sa chambre de la cuisine, son père dire à sa mère :

- J'ai remarqué dans l'entrepôt où je travaille une bicyclette qui appartenait au fils de mon patron et, comme elle semblait abandonnée, j'ai demandé si je pouvais la prendre pour mon fils. Le patron a été d'accord...

Thierry, subitement assis sur son lit, avait tendu et collé l'oreille au mur, retenant son souffle pour mieux capter les paroles de son père qui continuait :

- Tu diras au petit que, s'il le veut, ce vélo, il devra aller le chercher à l'entrepôt.

- Tu veux qu'il aille le chercher? mais tu n'y penses pas, avait répondu la mère, l'entrepôt est bien trop loin et en ville !...

Le père avait interrompu sa femme.

- Quand on veut quelque chose, pour l'obtenir, il faut en être capable, s'était-il écrié.

La discussion avait ainsi pris fin.

Le lendemain matin, après que son père fut parti, Thierry était allé à la cuisine pour dire à sa mère qu'il avait entendu la conversation de la veille au soir et, tout émoustillé, lui posait la question :

- Il est vraiment loin, l'entrepôt où travaille papa?

Le matin du jour suivant, en regardant son fils s'éloigner, la maman lui avait crié d'une voix un peu inquiète :

- Fais bien attention aux voitures, en traversant...

Il était huit heures, l'enfant savait qu'il lui faudrait bien trois heures pour faire l'aller-retour de la maison à l'entrepôt. Sa mère lui avait donné l'adresse et expliqué le chemin à prendre mais, espérait-il aussi, avec le vélo cela irait beaucoup plus vite au retour. Peut-être une heure de moins ? Il s'était mis en route, marchant d'un bon pas, traversant d'abord la grande place de Pont-de-Vivaux, située en face de l'un des deux hippodromes marseillais du même nom. Deux ou trois chauffeurs de taxi en attente de clients discutaient à haute voix sur les derniers résultats des courses, soulignant leurs propos de grands gestes comme pour mieux se faire comprendre ou se persuader.

Ce jeudi-là, la matinée s'annonçait belle. Les premiers rayons du soleil commençaient déjà à chauffer.

Continuant son parcours, l'enfant était arrivé, un peu plus loin, au quartier de Menpenti. Là, il avait reconnu la petite scierie où, avec son cousin Sauveur, il venait chercher des sacs de sciure que tous deux transportaient sur un charreton qu'ils faisaient rouler en le tirant chacun par un de ses deux bras. Cette sciure devait être répandue sur le sol de la boucherie de l'oncle Jean, le père de Sauveur, afin d'éviter aux clients du magasin de glisser sur le carrelage, parfois rendu poisseux par la nature du produit exposé et vendu.

Quelques centaines de mètres encore et c'était la belle place Castellane. Thierry était toujours émerveillé devant la monumentale fontaine, avec sa haute colonne, son bassin circulaire aux multiples jets d'eau, qui s'élevait en son centre. Il se rappelait qu'un jour, à la sortie du cinéma "Le César", il avait parié avec ses copains qu'il aurait le courage de plonger tout habillé dans le bassin ! Il avait gagné le pari et bien gardé le secret sur son acte... Sa mère n'avait jamais su comment et pourquoi son fils était rentré à la maison avec son "beau costume du dimanche" tout trempé !

Arrêtant là ce souvenir et poursuivant sa route sous la chaleur qui montait, Thierry passait sous les premiers platanes dont les rangées bordaient les deux côtés du cours Lieutaud. Leur ombre était la bienvenue. Le garçon se demanda quelle heure il pouvait être... Un vieux monsieur, qui semblait attendre l'autobus à son arrêt, le renseigna.

- Il est neuf heures et huit minutes, avait-il précisé d'un ton jovial et tout en se passant un grand mouchoir sur le front car il avait aussi très chaud.

- Hé, Thierry, où vas-tu ?

Une voix que celui-ci reconnaissait de suite venait de l'interpeller. Albert Innocenti était devant le garage Palau où il travaillait comme apprenti-mécanicien. Adossé au mur près de l'entrée, il fumait tranquillement une cigarette. Les deux copains, le nommé Albert un peu plus âgé, se serrèrent la main... Thierry retirant aussitôt la sienne en sentant celle de l'autre graisseuse et visqueuse d'huile et de cambouis ! Ce qui fit éclater de rire le jeune mécano, garçon espiègle, coutumier de cette sorte d'exploit pas tellement apprécié de ses copains. Bon prince, il tendit néanmoins à Thierry un chiffon propre pour lui permettre d'essuyer sa main maculée, allant même jusqu'à présenter ses excuses pour sa mauvaise plaisanterie... Il était comme ça, Albert !

- Je vais m'acheter un vélo tout neuf, avait menti Thierry avec de la fierté dans sa voix, pensant ainsi, sans doute, se venger de la désagréable poignée de main de son ami.

- Pourquoi vas-tu si loin ? répondit celui-ci, monsieur Mosi vend des vélos et son magasin est près de chez toi.

- Je sais, mais mon père a un ami qui a sa boutique de cycles place Marceau et je vais l'acheter chez lui. Il doit me faire un prix.

L'enfant était surpris de s'entendre dire ce mensonge mais, après tout, avec sa “farce graisseuse” et sa curiosité, Albert avait mérité cette réponse et lui était heureux de cette passe d'arme verbale dont il s'estimait ainsi le vainqueur.

Reprenant son périple, Thierry, passant au boulevard Garibaldi devant le terminus des autobus numéro 15 et 18 qui desservaient les quartiers sud de la ville, dont le sien, avait noté que lui arrivait à pied en même temps que le transport qu'il aurait pu prendre... Puis, attaquant la traversée de la Canebière, la plus célèbre artère de Marseille, il avait fait très attention, comme le lui avait recommandé sa mère. Les voitures, autobus et trolleybus roulaient dans les deux sens et, malgré les agents et les quelques feux qui réglaient la circulation, celle-ci n'était pas sans risque. La longue montée du boulevard Dugommier qui suivait paraissait interminable sous la chaleur croissante et menait au bas des marches du grand escalier de la gare Saint-Charles. L'horloge murale de la gare indiquait neuf heures quarante. Presque sous elle, devant des barrières réservées à cet usage, une file ininterrompue de taxis débarquait ou embarquait voyageurs et valises tandis que l'on pouvait entendre, de l'intérieur de l'immense hangar ferroviaire, les haut-parleurs annoncer les arrivées et départ des trains de toutes et pour toutes les directions.

Thierry, après cela, descendait le boulevard Charles Nédélec et passait devant la Bourse du Travail où de grandes affiches collées sur ses murs parlaient de combats et de luttes ouvrières... La place d'Aix, avec sa monumentale porte en forme d'arc de triomphe, était apparue, imposante sentinelle de pierre qui semblait regarder, de toute sa hauteur, jusqu'à l'obélisque de Mazargues, l'étendue de la ville qui s'étalait devant elle.

Le visage du garçon était couvert de sueur et il s'était essuyé avec le mouchoir que sa mère avait eu l'attention de mettre dans la poche de son pantalon. Guère plus loin était enfin la place Marceau, presque le terme de son long parcours. C'était là que travaillait son père, du moins dans la petite rue qui prenait sur la place et qui s'appelait “rue des Treize escaliers”.

Thierry commençait vraiment à avoir trop chaud et se sentait très fatigué. Les battements de son cœur s'accéléraient de plus en plus dans sa poitrine et il ne savait pas trop si c'était la marche ou la joie qui était la cause de ce changement de son rythme cardiaque.

Le bar-tabac nommé par la mère était bien là, faisant l'angle de la place et de la rue. Une plaque bleue à l'écriture blanche, clouée en l'air au mur, indiquait d'ailleurs : "rue des Treize escaliers". Cette appellation était justifiée. En effet, sur le côté droit de cette rue très pentue, il y avait quelques marches d'escalier, sans doute treize ? espacées de un à deux mètres et destinées à faciliter ainsi aux habitants et usagers des lieux l'ascension de cette rude côte heureusement pas très longue.

Sur un grand panneau accroché à la façade d'un bâtiment proche était inscrit en grosses lettres noires : "Damiani et fils, grossistes en vins et liqueurs". L'entrepôt était ouvert. En y pénétrant le jeune garçon respira une odeur quelque peu alcoolisée qui lui tourna un peu la tête, compromettant un instant son équilibre... Dans la pénombre, il avait reconnu son père qui venait vers lui.

- Tu as trouvé facilement ? demanda celui-ci en posant sa main sur l'épaule de son fils.

- J'ai la tête qui tourne, répondit l'enfant, troublé par cette atmosphère enivrante des locaux.

- Ce n'est rien, mon fils, ce sont les émanations d'alcool qui s'échappent des grands fûts de chêne.

Le père et le fils s'étaient dirigés vers un coin du chai mieux éclairé.

Plusieurs rangées de tonneaux empilés les uns sur les autres étaient alignées là dans un ordre parfait.

- Voilà, avait dit le père en tendant son index, il est là, ton vélo.

En une fraction de seconde, le beau rêve du petit Thierry venait de s'envoler comme un ballon coloré dans le ciel ! Sans pouvoir prononcer le moindre mot, le pauvre enfant fixait ce qui avait été certainement un beau vélo, les yeux rivés, même, sur ce qui n'était plus que son squelette... Une vague peinture subsistait à peine, bleue ou verte, on ne savait. Il n'y avait plus ni chaîne, ni selle... Les deux pneus étaient dégonflés et, comble de malchance, on ne voyait pas de pompe... Aurait-elle d'ailleurs pu servir à quelque chose?

L'enfant était abasourdi, sans réaction. Sa déception était si grande! Il avait fait tous ces kilomètres à pied dans la chaleur et le cœur en fête pour cette ferraille!

Le père, qui percevait le désarroi de son fils, avait voulu le rassurer.

- Cette machine n'est pas toute neuve, c'est vrai, mais sois sans crainte, je te l'arrangerai.

Il y avait tant de gêne dans le ton et l'expression de son père que le jeune garçon, touché, s'empressa de répondre comme pour remercier...

- Ce n'est rien, papa, je vais la réparer moi-même. Je dois travailler chez l'oncle René comme apprenti-comptable. Avec l'argent que je gagnerai, j'achèterai les pièces manquantes...

Ne trouvant plus rien d'autre à dire et ne voulant pas montrer davantage sa déception, Thierry avait embrassé son père avant de se saisir du misérable "vélo-épave", mais le cœur n'y était pas.

Le chemin du retour avait été un calvaire, une sorte de chemin de croix! Adieu, le beau rêve de revenir en pédalant sur son vélo en un parcours triomphant! La roue avant était voilée et coinçait entre les fourches, produisant un grincement plaintif et régulier. La mécanique tout entière accusait les années d'inaction et d'abandon depuis que le fils du patron l'avait reléguée dans l'entrepôt. À chaque tour de roue, tout bringuebalait et semblait refuser d'avancer... Thierry avait un mal inouï à pousser ou tirer l'engin dans un tel état. Des bouffées de chaleur inondaient de sueur le corps entier du malheureux. Lorsqu'il croisait un passant, il ressentait la moquerie de son regard et, en tout cas, il se l'imaginait ainsi ! Ce jour-là, il en voulait à son père comme jamais. Un moment, passant dans une rue déserte et n'en pouvant plus d'humiliation et d'efforts, il avait pensé abandonner son encombrant et minable fardeau. L'idée qu'il risquait de faire de la peine à ses parents l'avait fait se raviser. Résigné, il avait continué sa route, poussant, tirant, soulevant, accompagné par les cliquetis et autres couinements de son "premier vélo". Il produisait ainsi, tout le long, un spectacle qui ne laissait personne insensible...

Bientôt parvenu près du garage où travaillait son ami Albert, le jeune martyr s'était appliqué à faire un détour, pensant que celui-ci se moquerait de lui et de son engin poussif, racontant certainement l'histoire à tous les copains...

Il était midi lorsque Thierry était enfin arrivé chez lui. Devant la porte de la maison, il avait tout de suite vu sa mère qui l'attendait. Sans doute surprise de le voir marcher et pousser sa bicyclette au lieu de rouler dessus, elle s'était exclamée :

- Que t'arrive-t-il ? tu as crevé ?

Elle avait en effet distingué l'état des pneus, la sueur qui ruisselait sur le visage de son fils et toute la misère du monde qu'il exprimait. Elle n'avait pu s'empêcher d'éclater de rire, détaillant à présent le véhicule tout entier et comprenant pourquoi son Thierry rentrait à pied !

Ce dernier était épuisé mais, de voir sa mère rire de si bon cœur, lui redonna un peu d'espoir. Il ne savait plus s'il devait rire ou pleurer de cette situation rocambolesque... Il se décida pour un gentil sourire pas tellement joyeux...

Dans cet instant, l'adolescent venait aussi de prendre la ferme résolution de réaliser son rêve et de ne pas peiner son père ; il allait faire de ces tristes vestiges le plus beau vélo du monde !..."

Les yeux toujours perdus, voyant nettement cet épisode de son passé, Thierry-adulte avait continué le sourire de Thierry-enfant... Il pensait aussi, encore aujourd'hui, à son père qui lui disait : "Un homme ne pleure pas et doit travailler pour élever sa famille". Le garçon qu'il était alors avait vite compris que la meilleure façon pour lui de réussir sa vie d'homme était de faire des études... et il en connaissait le prix. Il savait qu'il devait tout à ses parents. C'est pourquoi il avait travaillé très dur. Il devait arriver à de bons résultats pour que sa famille soit remerciée de ses sacrifices.

C'est ainsi que l'oncle René avait été très satisfait du travail de son comptable de neveu. Celui-ci, après de longues études, avait brillamment passé tous ses examens.

D'autres souvenirs remontaient du fond du temps...

"...Un jour, son oncle lui avait fait comprendre qu'il avait atteint dans son cabinet les limites de son avenir. Ses capacités professionnelles aussi remarquables méritaient une meilleure place, plus valorisante.

Recommandé, donc, par son oncle, le jeune homme qu'il était devenu s'était un jour présenté à la société "Mattei-Pharma", un important laboratoire marseillais de produits pharmaceutiques. La rencontre avec le docteur Mattei, fondateur et président-directeur-général de la firme avait été heureuse. Ce dernier était un scientifique doublé d'un homme d'affaire avisé. Sa taille très moyenne, l'œil noir et vif, le visage osseux et son teint mat révélaient ses origines corses. En général expéditif dans ses entretiens, il s'était montré plus ouvert et courtois devant la sympathie, d'abord, qu'inspirait le jeune candidat, puis par ses propos sérieux et perspicaces et les réponses techniques et professionnelles qu'il avait su donner à son questionnaire. Il l'avait engagé sur-le-champ comme adjoint à son comptable qui demandait depuis quelque temps une aide qualifiée, rendue nécessaire par la progression constante du chiffre d'affaires.

Thierry, dès sa prise de fonction, avait éprouvé pour le PDG estime et respect, homme efficace et entreprenant qui devait sa réussite à l'élaboration de plusieurs formules de médicaments intelligemment mises sur le marché.

Après plusieurs années de "second rôle", le jeune adjoint avait remplacé son chef comptable, parti en retraite, dans le service qui s'était développé. Plus tard, son dynamisme et son charisme l'avaient poussé vers la direction commerciale du laboratoire où il élaborait et faisait mettre en œuvre le marketing sur tous les secteurs de visite médicale en France. Il était devenu le bras droit, l'homme de confiance du docteur Mattei qui lui portait à présent une grande affection au point de le considérer comme son propre fils.

Le président-directeur-général était veuf. Il avait perdu sa femme, voici de nombreuses années, à la suite d'un accident de voiture. Une fille était auparavant née de leur union. Elle s'appelait Hélène. Celle-ci avait beaucoup souffert de la disparition de sa mère alors qu'elle n'avait que neuf ans et il avait fallu la faire suivre longtemps par un psychologue. Cette absence maternelle avait laissé des séquelles dans l'esprit de la jeune fille dont se ressentait le caractère. Adolescente capricieuse et instable, elle commença plus tard à sortir de plus en plus, allant en boîte et multipliant ses aventures amoureuses sans lendemain, qui donnaient bien du souci à son père...

Le docteur Mattei avait eu un ami de faculté qui, à la création de son laboratoire, avait pris quelques actions dans l'affaire, devenant ainsi son associé. Il s'appelait Jean-François Colonna et avait quelques années de moins que lui. C'était un célibataire endurci et la surprise du père d'Hélène avait été grande d'entendre son ami lui demander la main de sa fille ! L'étonnement d'ailleurs encore plus grand devant le fait qu'Hélène, âgée de vingt ans et belle femme, avait pu être séduite par cet homme bedonnant et timide de bientôt cinquante ans qui aurait pu être son père ! Pensant, à la réflexion, que ce mariage pouvait peut-être apporter à sa fille un équilibre dont elle avait bien besoin, le père avait finalement consenti à cette union... Priant qu'elle dure le plus longtemps possible, hélas sans trop y croire...

Pour faire plaisir à sa jeune et jolie femme, Jean-François avait acheté une belle propriété en Corse près de la plage de Palombaggia, petit paradis aux pieds de dunes ombragées, à neuf kilomètres de Porto-Vecchio et de sa splendide baie. Hélène y résidait tout le temps ; son mari la rejoignait une ou deux fois par mois... Très vite, celui-ci, en arrivant à sa demeure, avait trouvé sa femme avec des amis en train de "faire la fête..." ce qui était devenu une habitude pour elle car, jamais, le brave quinquagénaire n'avait osé protester contre ces faits et encore moins les interrompre ; il se savait lâche, aimait trop sa femme et lui passait tous ses caprices comme l'avait fait le père !

C'est ainsi que des années s'étaient écoulées. L'espoir de voir s'assagir Hélène avait été vain. La résignation semblait s'être installée dans le cœur et dans l'esprit de ce mari complaisant et vieillissant.

Un jour, des promeneurs avaient trouvé le corps broyé d'un homme au pied de la grande falaise de Cassis, jolie cité balnéaire proche de Marseille. Celui qui avait trouvé la mort était Jean-François Colonna. Comme ce dernier n'avait laissé aucune explication sur ce qui pouvait paraître son suicide, on soupçonna un moment un acte criminel. La seule suspecte et, suivant l'adage de la police "chercher la femme", pouvait être Hélène mais elle prétendit, témoins à l'appui, qu'elle était en Corse le jour du drame. L'influence du PDG Mattei, relation du commissaire chargé de l'enquête, fit le reste. La police concluait au suicide de Jean-François qui se serait jeté du haut de la falaise en proie à une crise de dépression..."

Thierry se souvenait de la visite du commissaire au laboratoire. Celui-ci était resté un très long moment enfermé avec le docteur Mattei dans son bureau directorial. Quand le fonctionnaire de police était parti, le PDG avait convoqué son directeur et lui avait révélé ce qui venait de se produire, se confiant comme à un fils de la peine que lui causait la mort de Jean-François Colonna, son ami et "beau-fils", montrant aussi son désarroi vis-à-vis de sa fille Hélène.

Thierry savait que son patron avait une fille mais il n'avait jamais eu l'occasion de la rencontrer. Cette occasion devait se produire le lendemain même alors qu'il se trouvait en conférence avec le père de la jeune femme...

"... Hélène, arrivée à l'improviste, était entrée sans frapper dans le bureau et s'était directement adressée à son père, commentant le drame, ses circonstances et les tracas que la police lui causait, sur le ton d'une banale conversation. La jeune veuve semblait plus agacée que peinée et n'avait pas caché son soulagement quand le docteur Mattei lui avait fait part de l'acceptation de la thèse du suicide par le commissaire. Thierry avait remarqué chez cette belle femme une certaine froideur dans ses traits pourtant séduisants. Celle-ci ne l'avait même pas regardé, comme s'il n'existait pas.

- Je passerai quelques jours chez toi à la villa, avait-elle déclaré à son père, il faudra régler pas mal de chose...

Sur ces mots, elle avait pris congé et était sortie, ignorant toujours Thierry.

- C'est Hélène, ma fille; excusez-moi, je ne vous ai pas présenté, avait regretté le docteur.

Le regard de celui-ci trahissait son désespoir et son inquiétude.

Thierry avait rencontré plusieurs fois le mari d'Hélène dans des réunions de travail au laboratoire, lequel s'était toujours montré avenant envers lui et d'un caractère égal. Il ne comprenait pas pourquoi cet homme avait pu en venir à se suicider, ne connaissant pas les déboires de sa vie conjugale.

Quelques jours après l'enterrement de son époux, Hélène était revenue au laboratoire se dirigeant dans le couloir vers le bureau de son père. Elle avait croisé Thierry qui en sortait. Celui-ci, d'instinct, avait souri à la jeune femme dont les grandes lunettes noires accentuaient encore l'air énigmatique. Aucune expression ne s'était manifestée sur son beau visage. Elle n'avait pas répondu au bonjour qui lui était adressé et était entrée dans le bureau comme si elle n'avait vu personne...

Thierry, étonné quand même par cette attitude, s'était demandé s'il n'était pas invisible. Peut-être cette jeune femme, cette jeune veuve, était-elle attristée au point de s'être refermée sur elle-même et de ne plus rien voir de ce qui l'entourait ? Le strict tailleur noir qu'elle portait, quoique très seyant, n'affichait-il pas son deuil ? Néanmoins, la silhouette svelte et la démarche de mannequin avaient accroché le regard de Thierry qui pensait qu'elle était vraiment très belle et bien attrayante malgré son air étrange et orgueilleux qui pouvait dénoter une personne difficile à vivre...

À peine de retour dans son bureau, Thierry avait dû répondre au téléphone qui sonnait impérativement. C'était le docteur Mattei qui lui demandait de venir de suite le rejoindre.

En entrant dans la pièce, Thierry avait vu immédiatement Hélène, assise dans un fauteuil, ses jambes longues et fuselées gainées de noir, haut croisées, en face de son père.

Voici mon chef-comptable, Hélène, avait dit ce dernier. Je vous présente ma fille, Thierry, avait-il ajouté.

Celui-ci s'était approché de la jeune femme, prenant la main qu'elle lui tendait en enlevant de l'autre, dans un geste gracieux, ses lunettes noires. Tenant la main tiède dans la sienne, Thierry avait senti la délicatesse des doigts et leur souplesse. Pour la première fois, il voyait les yeux de cette femme dont la couleur bleue était si claire, claire et bleue comme celle de l'acier... Mais l'homme était aussi fasciné par le sourire délivré par des lèvres rosées, à peine charnues, découvrant une dentition nacrée. L'éclat de ce sourire contrastait avec la froideur du regard, à la fois inquiétant et attirant.

La rencontre n'avait certes pas laissé Thierry indifférent..."

Le vrombissement caractéristique et puissant de moteurs d'avion à hélices avait interrompu le cours des pensées de Thierry. Rouvrant ses yeux sur le présent, il avait découvert, survolant la mer au ras des vagues, un hydravion Canadair de lutte contre les incendies qui commençait à écoper pour remplir ses réservoirs d'eau. Après avoir ainsi glissé sur quelques centaines de mètres et s'être lourdement chargé, l'appareil avait repris de l'altitude pour se rendre en direction des collines boisées de Marseilleveyre, vers les calanques de Sormiou ou Morgiou, où devait sévir encore un de ces sinistres dont le Mistral qui soufflait aujourd'hui était un actif complice.

Revenu tout à fait aux réalités de la vie et notamment à celle, désagréable, qu'il venait de vivre dans sa confrontation avec Hélène, Thierry avait décidé, pour se changer les idées, d'aller rendre visite à son ami Philippe. Tous deux se connaissaient depuis leur enfance; ils avaient effectué leur service militaire ensemble et ne s'étaient jamais perdus de vue. Philippe exploitait un bar-snack situé dans le quartier

Sébastopol, près de la place du même nom. Dès qu'il vit entrer son ami, il comprit que quelque chose le préoccupait.

- Qu'as-tu, Thierry, tu fais une triste mine, tu as un problème ?

- Non, non, ça va...

Philippe connaissait bien, depuis de longues années, son Thierry et son caractère ; il savait qu'il ne fallait pas lui poser de questions inutiles et n'avait pas insisté sur le sujet, allant remplir d'office un verre de whisky pour le servir à son ami installé au bout du comptoir.

Une bonne ambiance régnait dans le bar, faite du brouhaha des conversations, du bruit des couverts et d'une musique de fond à la mode.

Il était quatorze heures trente et plusieurs personnes étaient encore attablées.

Thierry se détendait peu à peu en dégustant son whisky quand il sentit une présence qui tiraillait le bas de son pantalon. Surpris, il s'était penché pour apercevoir un petit chien tout blanc avec des poils hérissés qui s'évertuait à mordiller son vêtement. Agacé, Thierry avait repoussé d'une secousse de sa jambe l'animal excité quand une voix proche avait appelé.

- Romain, Romain, viens ici.

C'était une jeune femme qui s'approchait.

Le chien, obéissant, avait lâché le pantalon et rejoint sa maîtresse, se frottant à ses jambes.

- Romain est très joueur, avait dit celle-ci, mais c'est la première fois qu'il s'attaque au pantalon de quelqu'un ! Il ne l'a pas abîmé, j'espère ?

- Non, ce n'est rien, avait répondu Thierry, un peu amusé par cette situation, je peux vous offrir un verre, avait-il ajouté spontanément.

- Merci, non. Je viens de finir de déjeuner... mais je prendrais bien un café...

- Un café, alors, avait commandé en écho Thierry à Philippe qui, de derrière son comptoir, était à l'écoute de tout ce qui se passait dans la salle et qui avait cligné de l'œil en signe d'encouragement.

- Merci, avait dit souriante la jeune femme tout en s'installant sur un tabouret près de Thierry.

Ce dernier, qui regardait s'asseoir son invitée, avait tout de suite remarqué ses yeux brun clair en amande pétillants de vivacité et ce sourire de petit fauve qu'elle lui dédiait et qui donnait à son visage un certain air canaille...

- Je m'appelle Mona, annonçait-elle, comme Mona-Lisa, mais je ne suis pas la Joconde ! C'est la première fois que vous venez ici ?

- Non, je viens de temps en temps rendre visite à mon ami Philippe, le patron des lieux.

Mona sortit de son vieux blouson "Douglas" un paquet de "Gitanes-filtre" qu'elle tendit à Thierry.

- Merci, je ne fume pas ;

- Moi, oui, pas mal !

D'un coup de pouce sur le bord de son paquet, elle avait fait jaillir une cigarette qu'elle saisissait directement avec ses lèvres puis, craquant une allumette, elle aspirait une longue bouffée qu'elle rejetait après un temps dans la direction de son vis-à-vis. Thierry avait fait semblant de ne pas être gêné par le nuage de fumée odorant... Tout en pensant que la fille était quelque peu insolente... insolente mais plutôt jolie malgré un "quelque chose" de dur dans son expression qui lui donnait un air mystérieux. Le blouson ouvert laissait voir un tee-shirt sous lequel on devinait la grâce légère et souple d'un jeune corps portant haut une poitrine arrogante et certainement libre... Les cheveux courts, tout bouclés, le jean moulant et les bottes camarguaises complétaient le tableau de cette beauté sauvage, équivoque, aux allures de garçon manqué.

Réalisant quand même enfin la quantité de fumée dont elle environnait Thierry, Mona s'était en quelque sorte excusée.

- J'espère que la fumée ne vous gêne pas ? C'est un vice dont je ne peux me passer...

- Je tiens le coup, merci, et vous, vous venez souvent ici ?

- Je viens tous les jeudis pour déjeuner. Je travaille le matin sur la place Sébastopol en tant que foraine. Je vends des jeans, des tee-shirts et des blousons. Chaque jour, je change de marché. J'aime bien ce travail, il est vivant et me laisse pas mal de liberté.

Ne sachant que répondre, Thierry avait demandé :

- Votre mari travaille avec vous ?

- Mon mari ? dit-elle, surprise, vous n'y pensez pas ! Je suis libre comme l'air. Ni Dieu, ni maître !

- Elle s'était penchée pour prendre son chien dans ses bras et le serrant très fort contre sa poitrine, avait conclu :

- Il n'y a plus que Romain qui peut exercer un pouvoir sur moi. Merci pour le café.

Et elle s'en était allée, de sa démarche à la fois cavalière et si féminine... Celle d'une amazone ?

Thierry avait senti la tristesse qui transparaissait dans la voix de Mona. Celle-ci portait sans doute un mystère en elle. "Il n'y a plus que Romain qui peut exercer un pouvoir sur moi" avait-elle dit. Pourquoi citer ainsi son chien ? Voulait-elle exprimer qu'il n'y avait plus personne d'autre dans sa vie ? Ni mari, ni amant, ami ou fiancé ? Qui donc avait-elle perdu ?

Thierry avait suivi la jeune femme du regard jusqu'à sa sortie du bar. Il ne s'était pas attendu à une telle rencontre et, surtout, il était surpris de se poser toutes ces questions à son sujet.

Philippe, qui avait suivi toute la scène, s'était approché de son ami.

- Dis donc, sais-tu que tu es la première personne dont Mona accepte quelque chose ici ?

- Elle est tout à fait particulière, je trouve, cette fille, tu la connais ?

- C'est une habituée du jeudi, pour le déjeuner. Un jour, une de ses copines du marché l'a appelée par son prénom, c'est comme ça que je le sais. Elle est toujours avec son petit chien. Je ne l'ai jamais vue accompagnée ou faire la conversation avec un client. C'est vrai qu'elle est un peu drôle...

Quelques jours s'étaient écoulés depuis la rencontre dans le bar de Mona et Thierry. Celui-ci ne pouvait s'empêcher de penser à la jeune femme, très différente de celles qu'il avait pu connaître, notamment d'Hélène. Outre sa jeunesse et son allure, cette Mona avait une particularité de comportement, un ton de voix, un regard qui évoquaient un certain mystère. Comme si quelque chose de grave s'était passé dans sa vie... Un secret qu'elle gardait au fond d'elle et qui la marquait apparemment...

Les grands yeux noisette aux sourcils épilés et artistement retracés au crayon, le teint clair de la peau, les boucles brunes des cheveux courts et les lèvres bien dessinées donnaient au visage juvénile de Mona un charme qui devait troubler plus d'un homme, grâce à la finesse de ses traits et malgré le contraste de son allure masculine. Le sourire de jeune louve et la voix cassée, rauque, ajoutaient à l'ambiguïté du personnage, évoquant aussi une force morale peu commune.

Thierry était retourné, dès le jeudi suivant, à l'heure du repas de midi, au bar-snack de Philippe. Celui-ci, d'abord étonné de revoir si vite son ami qui n'avait pas coutume de venir le voir si souvent, avait compris rapidement la raison de cette présence rapprochée et, sur un ton de complicité, lui avait murmuré :

- Elle est là...

Thierry, avec un air innocent, avait affecté de ne pas comprendre et Philippe avait alors tourné sa tête en direction d'un point de la salle où plusieurs personnes déjeunaient.

Suivant l'indication, les yeux de Thierry avaient scruté un instant les visages des quelques convives attablés par là en espérant bien y découvrir celle sur qui, soudain, son regard s'était posé... Mona, assise seule, son chien couché à ses pieds sur son blouson de cuir déployé, servant de literie au petit animal qui semblait dormir.

La jeune femme, occupée à manger et apparemment nullement intéressée par son entourage, n'avait pas encore vu celui qui s'était approché d'elle...

Malgré lui, en retrouvant les traits de Mona qu'il se représentait en pensée depuis quelques jours, une certaine émotion s'était emparée de Thierry. Son cœur tout à coup s'était mis à battre bien plus vite et plus fort. Ressemblant tout à coup à un jeune collégien timide, il n'osait ni s'approcher ni se révéler...

C'est à cet instant que la jeune femme avait relevé la tête, la tournant vers lui. Une seconde, leurs regards s'étaient croisés. Mona avait-elle reconnu Thierry? Sans doute puisque, après un court temps, elle lui avait fait un petit signe de la main.

Un peu pris de court et ne sachant que faire, Thierry avait ébauché un sourire...

- Alors, qu'est-ce que tu attends pour aller à sa table, avait à nouveau murmuré Philippe qui suivait la scène.

Thierry était un peu gêné de voir que son ami le devinait ainsi. Il s'était donc enfin décidé, se dirigeant vers la table de Mona.

- Excusez-moi, je peux déjeuner à votre table?

- Oui, vous pouvez vous asseoir puisqu'il y a un autre couvert... mais si vous pensez me draguer, vous perdez votre temps...

Cette réplique directe avait un peu désarçonné Thierry qui avait balbutié :

- Non, non, je n'ai pas cette idée... Étant seul et vous voyant là, seule aussi, cela me ferait plaisir de prendre mon repas en votre compagnie et de discuter un moment... Enfin, si vous le permettez ?

Les yeux pétillants de Mona semblaient s'amuser de l'embarras de cet homme mûr, élégant et éduqué à l'allure pourtant virile et assurée.

- Pourquoi êtes-vous revenu me voir ? avait-elle dit, son regard droit dans les yeux de l'autre.

Surpris une seconde fois par le côté provocateur de la question, Thierry avait réussi néanmoins à répondre sur un ton dégagé.

- Comme vous le dites. Pour vous voir... et par envie de mieux vous connaître...

- Ma vie n'est pas très intéressante et j'ai horreur de me faire draguer !

- Je ne vous drague pas mais, puisque je vous dérange, veuillez m'excuser, je change de table.

Sur ces mots, Thierry, qui avait commencé à tirer la chaise pour s'y asseoir, la remettait en place...

- Allons, s'était exclamée la jeune femme en étendant la main, je plaisante, asseyez-vous ; il me semble que vous n'êtes pas comme les hommes que je croise tous les jours...

Thierry s'était assis.

- Bon, puisque je suis admis, je vous offre un apéritif ?

- J'ai commencé mon repas, mais je boirais bien un coup quand même. Je prends un Porto. Êtes-vous marié ?

- Non, mais ça y ressemble, et vous ?

- Pas du tout et rien qui y ressemble, je vous l'ai dit jeudi dernier.

- C'est vrai, je me rappelle. Vous m'avez dit aussi que vous étiez foraine. En dehors de votre travail, vous avez des loisirs, sans doute ?

- Je n'ai pas beaucoup de loisirs. Je travaille tous les jours pour pouvoir mettre de l'argent de côté... J'ai un rêve à réaliser...

- Un rêve?

- Oui, un grand, un rêve sacré.

- Oh, oh! Cela m'a l'air très sérieux...

- Ça l'est.

- Je peux savoir?

Mona était restée un instant silencieuse, fixant le visage de Thierry, puis elle s'était décidée.

- Mon rêve, c'est un rallye, le rallye du Lac Rose...

- Le rallye... Comment ça, le rallye?

- Je veux le faire.

- Vraiment? Toute seule? s'était exclamé Thierry, étonné par cette réponse passionnée autant qu'inattendue, mais cela est très dur et coûte très cher.

- Je le sais, mais j'y arriverai car c'est la seule chose qui m'intéresse dans la vie!

- C'est bien d'avoir de l'ambition et un projet, mais, le plus difficile, c'est de le réaliser mademoiselle...

- Mona, appelez-moi Mona. Vous, c'est comment ?

- Thierry.

- Bon, Thierry, plus de mademoiselle ni de monsieur entre nous, d'accord?

- Bien sûr, j'aime bien Mona, c'est un joli prénom original...

- C'est le diminutif de Monique, c'est ma...

Elle avait hésité une seconde.

-... Mère adoptive qui m'a appelée comme ça. Je suis une enfant de l'assistance publique. J'ai été placée dans plusieurs familles où je ne me sentais jamais heureuse. Je n'ai pas eu de vraie enfance. Finalement j'ai été adoptée par un couple de Marseillais sans enfant. Je suis devenue leur fille puis mon père adoptif est décédé. Ma mère adoptive est bien gentille.

Je n'ai pas su lui donner d'affection mais beaucoup de soucis...

Il y avait longtemps que Mona n'avait pas parlé autant, surtout pour se raconter. Cet homme devant elle était rassurant. Elle ne savait pas encore pourquoi et se confiait à lui d'instinct. Elle s'exprimait avec beaucoup de tristesse dans sa voix.

En l'écoutant parler, Thierry se demandait comment cette jeune femme si forte d'aspect, se découvrait à présent ainsi avec une telle sensibilité. Sa dureté de certains moments serait-elle une attitude qu'elle se donnait pour masquer sa fragilité ?

Tout à coup, une idée folle venait de naître dans l'esprit de Thierry.

- Voulez-vous que nous fassions ce rallye ensemble ?

Les yeux de Mona s'étaient rétrécis comme pour mieux concentrer son regard sur ceux de Thierry, cherchant à y lire, à deviner les intentions de celui-ci, de cet inconnu qui était assis en face d'elle. La question l'avait fortement surprise et, pour la première fois, elle n'avait trouvé aucune réponse immédiate...

Un long moment de silence s'était installé entre eux puis Mona, lentement, avait ouvert grande la porte de ses souvenirs, de sa souffrance. Elle avait révélé son drame ; l'accident mortel de son fiancé, l'année précédente, dans le rallye du Lac Rose, alors qu'il fonçait avec sa moto dans la passe de Néga. La roue avant s'était brutalement bloquée dans une grosse ornière et le pilote avait été tué sur le coup. C'était sa seule chute de moto, elle avait été fatale !

Les journaux avaient parlé de ce jeune motard plein de promesses qui s'appelait Romain Laslo et qui était l'unique amour de Mona...

-... Je me suis jurée, continuait-elle, qu'un jour j'irai sur les traces de celui que je n'ai pas cessé d'aimer. Je terminerai, pour lui, la course qu'il n'a pu finir. Faire ce rallye, pour moi, c'est comme faire un pèlerinage, c'est mon obsession. C'est un juste retour pour celui qui m'a révélé ce que pouvait être le bonheur. Il faut que j'aille le rejoindre, là-bas, dans ces dunes de sable du désert où nos deux vies se sont arrêtées...

La jeune femme s'était tue. Elle réfléchissait, après son ardente évocation, à sa situation présente avec cet homme, cet étranger immobile qui la fixait avec son air sérieux et qui avait l'âge d'être son père... Qu'avait-il proposé ? Faire le rallye ensemble ? Se pouvait-il qu'il lui fasse réaliser son rêve sans contrepartie ? Où alors, pourquoi ?

Sa question, posée sur un ton cinglant, était un véritable défi.

- Pourquoi voulez-vous donc faire ce rallye avec moi ?

- Parce que, pour la première fois, depuis longtemps, sans rien en attendre, j'ai envie de faire plaisir à quelqu'un et de lui permettre de réaliser son rêve car, voyez-vous, malgré toute votre foi et votre volonté, seule, vous n'y arriverez jamais !

Cette réponse avait été aussi cinglante que la question.

Devant le nouveau silence de Mona, Thierry avait continué.

- Un tel rallye raid coûte très cher. Il faut environ 500 000 à 600 000 Fr pour l'achat d'un véhicule adapté à ce genre de course et son assistance technique. Un tel rallye se prépare longtemps à l'avance et cela aussi demande pas mal d'argent ! Si vous êtes d'accord, je m'occupe de tout et je serai votre copilote...

D'une toute petite voix, loin de son ton habituel, Mona avait répondu à Thierry ; elle semblait abasourdie par ce qui se passait tout à coup dans ce bar avec ce personnage qu'elle rencontrait pour la deuxième fois seulement et en public...

- Mon fiancé, je vous l'ai dit, se prénommait Romain. Après sa mort, je suis allée à la SPA, j'ai adopté un chien que j'ai appelé Romain et ce petit animal a représenté pour moi le souvenir vivant du disparu... Mon fiancé avait eu de la chance, il avait trouvé un sponsor pour son rallye... Ainsi, grâce à vous, moi aussi je vais pouvoir tenter ce rallye. Vous êtes mon bienfaiteur. Merci de me permettre de faire ma course la plus belle, celle sur les traces de l'homme que j'aime toujours et que je ne peux oublier... Pourvu qu'au moins je puisse terminer ce que lui n'a jamais pu finir...

Thierry avait écouté avec beaucoup d'émotion le récit et les confidences de Mona. Il se disait que cette fille n'avait vraiment pas eu de chance. Abandonnée à l'assistance publique, ballottée dans plusieurs familles avant d'être adoptée par des braves gens, sans doute, mais qui n'avaient pas su, pas pu, donner à l'écorchée qu'elle était, l'affection à laquelle elle aspirait tant ! Et voilà qu'en plus, celui qui pouvait la combler, tout adoucir, le "fiancé-champion", celui-là disparaissait tragiquement !

De sa place derrière son comptoir, Philippe, sans vraiment savoir ce qui se passait entre son ami et la jeune femme, avait vu les attitudes et mimiques des deux, et comprit qu'il fallait les laisser tranquilles. D'ailleurs, Thierry n'avait pas demandé à être servi et quand Philippe vit celui-ci se lever, il n'en fut pas étonné.

Mona s'était aussi dressée et, s'approchant de Thierry, lui avait saisi une main.

- J'ai confiance en vous, merci.

En disant cela, la jeune femme avait placé furtivement cette main contre sa joue, juste le temps qu'une de ses larmes la mouille un peu... Thierry était tout aussi ému qu'elle et, spontanément, lui enlaçant d'un bras ses épaules, il l'avait serrée contre lui un court instant. Ce geste évoquait bien davantage l'élan de tendresse d'un père envers sa fille que celui d'un dragueur... Sans doute était-ce pour cela que

“Mona la rebelle” s’y était abandonnée... Quant à Thierry, il ressentait un bonheur intense, tout à fait nouveau pour lui. En effet, il n’avait jamais eu d’enfant. Trop captif, dans sa jeunesse, de ses études et de son travail, il n’avait trouvé ni la disponibilité, ni la stabilité, pour fonder une famille. Ce n’était pas sa liaison avec Hélène qui aurait pu changer cette vie. Cette femme était bien trop égoïste pour devenir une mère. Elle ne le souhaitait d’ailleurs pas et Thierry avait vite compris que cela valait mieux. Il s’était donc consacré à sa carrière, oubliant dans une intense activité cette fibre paternelle qu’il portait en lui.

Aujourd’hui, il avait plus de quarante ans et cette fille de vingt ans s’offrait à lui. Il se jura alors, au plus profond de lui-même, de devenir le père qu’il n’avait jamais été et d’aider Mona de tous ses moyens et de toute son affection. Oui, sentimentalement, cette jeune femme allait devenir sa fille...

Les aboiements de Romain avaient ramené l’un et l’autre à la réalité de la vie et de l’instant.

Un peu confus de cette émotion qu’ils venaient de partager et de ce sentiment né tout à coup en eux, Mona et Thierry avaient échangé téléphone et adresse, projetant pour très bientôt une nouvelle rencontre afin de préparer ensemble le futur rallye du Lac Rose...

Comme convenu au terme de leur entretien dans le bar-snack du quartier Sébastopol, Mona et Thierry n’avaient pas tardé à se retrouver. Ce dernier, au bout de trois jours, avait téléphoné à la jeune femme pour l’inviter à dîner chez Caruso, le réputé restaurant italien du Vieux-Port de Marseille.

Quand Thierry était entré dans l’établissement, Antoine Zanaboni, le patron, l’avait accueilli avec sa chaleur et sa courtoisie coutumière. Thierry était en effet un habitué des lieux.

Le décor de la salle était le même depuis des décennies, éclairé discrètement par des fenêtres à glissières. Des banquettes de bois, le long des murs, garnies de velours pourpre, donnaient à l'ensemble un cachet particulier un peu suranné mais cossu.

Il y avait près de quarante années qu'Antoine Zanaboni régnait sur ses fourneaux qui faisaient le bonheur de sa clientèle. "Des fourneaux où ont cuit des tonnes de pâtes et des citernes de Bouillabaisse" comme il aimait à le raconter à ses convives qui étaient pour la plupart devenus de vrais amis.

La personnalité marquée de cet homme, en effet, ne pouvait laisser indifférent. Si les traits de son visage, avec son regard d'acier, lui donnaient un air énigmatique et scrutateur, on découvrait vite son intelligence et son érudition. Il pouvait parler, à bâtons rompus, de Marseille, de la Provence, de l'Italie comme de la politique, intéressé qu'il était par toutes les choses de la vie. C'était une "figure", comme l'on dit, du monde de la restauration en particulier et du monde tout court en général ! Finalement, une certaine hauteur dans son attitude n'était sans doute qu'une façade. Ceux qui le connaissaient savaient sa gentillesse, sa serviabilité et sa générosité.

Le restaurant Caruso était donc le lieu privilégié de rencontres, pour le plaisir et les affaires, devant des assiettes bien garnies, de commerçants, d'industriels autant que d'hommes politiques ou de gens du barreau... Les Pollak, Lombard, Collard, les Gaston Defferre, Jean-Noël Guerrini ou Jean-Claude Gaudin y avaient eu ou avaient leur salon privé. Le monde du spectacle aimait aussi l'endroit et le livre d'or était plein des signatures des Mastroianni, Arditi, Auteuil, Pavarotti, Cardinale, Deneuve, Devos, Aznavour et bien d'autres qui marquaient ainsi leur passage à Marseille. Caruso était pour tout ce gratin le temple idéal où l'on retrouvait les saveurs de la grande tradition culinaire italienne, sur le célèbre Vieux-Port marseillais et, venant de la rive d'en face, du haut de sa colline, le regard protecteur de la statue monumentale de la “Bonne mère”.

- Comment allez-vous, Thierry, avait dit Antoine en serrant la main de l’arrivant.

- Très bien, merci, Antoine, j’ai réservé une table pour deux.

- Votre invitée est arrivée, je l’ai installée à votre table préférée, près de la fenêtre.

En effet, Mona était là, assise, toujours accompagnée de son petit chien blanc, Romain, couché aux pieds de sa maîtresse, sur le blouson de cuir de celle-ci, posé sur le sol.

De cette place, à travers la vitre, on pouvait admirer le spectacle du Vieux-Port avec ses centaines de bateaux, grands ou petits, luxueux ou modestes ancrés là le long de leurs pannes. La nuit venue, la basilique de la Vierge de la Garde, la Bonne mère des Marseillais, était illuminée et une multitude de lumières de la ville se reflétait sur les eaux calmes du bassin du Lacydon.

- Bonsoir, Mona, excusez-moi de vous avoir fait attendre...

- Thierry venait d’apparaître devant la jeune femme et lui tendait la main.

- Il n’y a pas longtemps que je suis arrivée et le patron m’a très aimablement offert une coupe de Champagne pour me faire patienter.

Durant tout le repas, en dégustant le poulpe en salade, les tagliatelles et l’osso-bucco, les deux nouveaux amis n’avaient cessé de parler de leur futur rallye. Le bon vin aidant, Chianti comme il se doit, les projets étaient allés grand train. Achat du véhicule, préparation du matériel indispensable, entraînement, équipement, etc.

L’ambiance avait été optimiste avec une Mona qui souriait comme elle avait cru ne plus savoir le faire et un Thierry qui se libérait pleinement, découvrant une nouvelle raison de vivre... C'est ainsi que le tête à tête s'était prolongé assez tard dans cette belle soirée d'été, parfumée à la fois par les senteurs d'épices et sauces italiennes et l'air marin du Vieux-Port qui entrait dans la salle par les fenêtres largement ouvertes...

En application des accords et des décisions pris avec Mona lors du repas chez Caruso, Thierry ne pensait plus qu'à passer à l'action. Il fallait préparer "la grande aventure" ! celle de ce rallye, de ce raid africain le plus célèbre du monde !

Avant toute chose, pourtant, il importait que Thierry soit libéré de ses obligations professionnelles. Comment allait-il annoncer à monsieur Mattei, son patron, qu'il s'en allait, pour plus de quinze jours, faire le rallye du Lac Rose ? Sans compter, avant le départ, les démarches à accomplir et les séances d'entraînement ? Fort heureusement, un arriéré de congé, auquel pouvait prétendre Thierry, ajouté à un ralentissement saisonnier des affaires du laboratoire, pouvait justifier son absence et en diminuer les inconvénients. Il fallait néanmoins en convaincre monsieur Mattei et, pour cela, Thierry qui souhaitait préserver ses bonnes relations avec son PDG, demanda un entretien à celui-ci. Quant à Hélène, le caractère libre de la liaison permettait d'agir à sa guise et sans souci...

Monsieur Mattei, ayant reçu son collaborateur, l'avait écouté silencieusement, sans l'interrompre, lui raconter sa rencontre avec Mona et sa décision de participer au prochain rallye. Il était resté songeur un instant avant de formuler sa réponse.

- Thierry, avait-il dit, bien que ma fille soit peu bavarde sur sa vie personnelle et que cette question ne soit pas venue entre nous, je connais votre liaison avec elle. Je sais aussi que cette relation n'est pas ce que vous souhaitez et qu'Hélène ne vous donne pas le bonheur que vous méritez. C'est dur pour un père de parler ainsi mais, vous le savez, j'ai beaucoup d'estime pour vous...

Visiblement ému par cette évocation de la personnalité de sa fille et de ses comportements, monsieur Mattei avait marqué une pause avant de continuer :

- J'aurais été fier d'avoir un fils tel que vous, honnête, travailleur, sympathique et généreux... C'est pourquoi, non seulement je suis favorable à votre entreprise et je vous accorde le congé nécessaire mais encore, si je peux dire, je vais "prendre votre train en marche" !

Devant l'étonnement de son interlocuteur, le PDG avait poursuivi.

- Plus exactement, votre voiture, avec ce qu'elle peut représenter pour nous, "Mattei-Pharma". Je connais bien l'importance du financement pour ces genres d'aventures... Si vous avez besoin d'un appui financier, une publicité de ce genre ne fera pas de mal au laboratoire... Donc, je suis prêt à vous "sponsoriser", comme l'on dit. Vous serez le porte-drapeau de notre entreprise pour laquelle vous travaillez depuis si longtemps. Voilà, qu'en pensez-vous ?

Thierry n'en croyait pas ses oreilles ! Ce qu'il en pensait ? Du bien, évidemment, rien que du bien ! Il ne savait d'ailleurs pas comment le dire et restait là, figé dans son fauteuil, regardant cet homme qui venait d'aller bien au-delà de ce qu'il pouvait espérer de lui...

Comprenant l'embarras de son collaborateur, monsieur Mattei s'était levé, allant au-devant de lui, la main tendue. Les deux hommes s'étaient longuement serrés leurs mains...

- Allez, avait conclu le PDG, ne dites rien, occupez-vous de votre rallye, je m'occupe du reste !

Thierry était sorti du bureau comme dans un rêve. Il était non seulement heureux de ce que monsieur Mattei lui offrait mais aussi de sa compréhension pour ses motivations concernant Mona. Vraiment, avait-il pensé, si la fille Hélène avait été comme son père, il n'aurait sans doute jamais fait ce rallye !

Thierry se souvenait dans quelles circonstances il avait retrouvé Hélène après que celle-ci lui avait été présentée dans le bureau de son patron et qu'elle s'était montrée si distante et froide à son égard...

Quelques temps après l'enterrement de son mari, la jeune femme s'était rendue à une conférence-débat dont le thème était "Histoire de l'art lyrique à Marseille" et où était invité Thierry. La surprise avait été grande pour celui-ci quand la fille de monsieur Mattei était venue vers lui, un grand sourire aux lèvres, pour le saluer. Au terme de cette soirée, Thierry, découvrant leur passion commune pour l'Opéra et cherchant un prétexte pour s'approcher d'elle, avait invité la jeune femme à une prochaine représentation de la Tosca. Hélène avait accepté et s'était laissée ramener chez elle dans la voiture de Thierry. Arrivée devant sa villa, au moment de quitter le véhicule, elle avait enlevé ses lunettes noires qu'elle portait en permanence et, dans un élan inattendu, déposé un baiser furtif sur les lèvres de l'homme médusé...

Quel jeu jouait donc cette fille ? s'était demandé Thierry... Il ne devait pas tarder à l'apprendre quand, le lendemain matin, à son bureau, son téléphone sonnait.

- Allô, Thierry ? C'est Hélène, avait-elle déclaré, voulez-vous passer me voir maintenant chez moi ?

Pris au dépourvu par cette demande formulée de but en blanc et se trouvant en plein travail, Thierry avait gentiment répondu que cela lui était impossible. La communication avait alors été coupée brutalement.

Quelques instants plus tard une furie entrait dans le bureau ! C'était Hélène, hors d'elle, qui hurlait qu'elle n'admettait pas que "l'on n'obéisse pas à l'ordre qu'elle donnait" ! Menaçant de faire licencier celui qui n'obtempérait pas quand elle l'appelait".

Elle était aussitôt ressortie en claquant la porte...

Thierry n'avait pu placer un seul mot et, le calme revenu, se disait que cette fille était folle et peut-être même dangereuse quand, à sa grande stupéfaction, il avait vu à nouveau la porte s'ouvrir, lentement cette fois, et la jeune femme réapparaître... Elle s'était avancée sans hâte vers lui, enlevant ses lunettes et démasquant ainsi des yeux sous lesquels apparaissaient des coulées de rimmel... Avait-elle pleuré ? Thierry n'avait pas eu le temps de penser davantage. Hélène se collait à lui et l'embrassait fougueusement à pleine bouche. Instinctivement, l'homme calme et sérieux qu'il était pourtant avait répondu à cette étreinte. Embrasé par cette sensualité provocante, il rendait le long baiser et ses mains caressaient le corps offert. Soulevant la jupe d'Hélène, il avait senti tout à coup qu'elle ne portait pas de culotte... Excité, fou de désir, il avait soulevé la jeune femme et, l'ayant déposée sur le rebord de son bureau, il l'avait aimée debout jusqu'au point culminant de leur bonheur sexuel...

C'est ainsi qu'une liaison tumultueuse était née, basée beaucoup plus sur les sens que sur les sentiments.

Aujourd'hui, un jour nouveau semblait vouloir poindre... Mona était venue, naturelle et simple, apportant avec elle une tâche passionnante à accomplir et, du même coup, la libération, même si elle n'était peut-être que momentanée, d'un mode de vie astreignant et monotone.

Les impératifs financiers eux aussi ne seraient sans doute plus un obstacle grâce à l'aide du laboratoire Mattei-Pharma.

Thierry, donc, s'était mis en quête d'un spécialiste pouvant le conseiller dans tous les préparatifs et les achats de matériels y compris le véhicule lui-même. Il avait pu rencontrer, à la Penne sur Huveaune, quartier proche de l'autoroute sud de Marseille, l'homme recherché. Il s'appelait Christian Lambert, propriétaire d'un établissement de vente, réparation et pièces détachées à l'enseigne de “4x4 choc”. Ce quadragénaire d'allure fort sympathique et sportive, aux cheveux courts grisonnants et de taille moyenne, avait un regard clair et franc qui faisait deviner une grande détermination. Il lui en avait fallu, de la détermination, pour avoir déjà participé à une dizaine d'éditions du fameux rallye du Lac Rose !

Le courant était tout de suite passé entre les deux hommes, Christian Lambert ayant compris que Thierry était tout aussi déterminé que lui et appartenait, comme lui, à la race des entrepreneurs et des lutteurs.

Christian avait donc proposé au futur “rallyeman” le type et la marque du véhicule adapté à ce genre d'épreuve, un “Mitsubishi-Pajero”, qui devait être équipé d'arceaux de sécurité et de renforcements et protections divers destinés à limiter une éventuelle “casse”. Il fallait aussi une balise de sécurité (GPS), des outils, des plaques de dégagement, des sangles, des courroies, un manomètre et autre cric à air... Quand le coût total avait été révélé, Thierry était resté déconcerté un instant... Huit cent mille francs, avait dit Christian ! Qui deviendraient d'ailleurs environ un million avec les frais d'inscription, d'assistance et des mécanos !

Ainsi, Thierry était loin du compte quand, au snack-bar avec Mona, il avait parlé à celle-ci d'un coût de cinq à six cent mille francs !... Aujourd'hui, pourtant, il ne pouvait plus reculer, même s'il ne disposait pas de cette somme, ne possédant qu'un peu plus de la moitié, économisée en vingt ans de travail. Il pensa alors à demander à Christian si, au retour du rallye, le véhicule étant encore en bon état pourrait être revendu. Le garagiste avait été d'accord, promettant un prix entre cinq cents et six cent mille francs. Ainsi, le rallye reviendrait dans les cinq cent mille, ce qui devenait possible, compte tenu de l'offre de sponsorisation de la firme Mattei. L'accord avait donc été conclu.

Une quinzaine de jours avait été nécessaire pour que le 4x4 soit fin prêt. Durant cette période, Thierry n'avait pas perdu son temps. Selon les conseils et recommandations de

Christian, il avait écrit à la T.S.O. (Thierry Sabine Organisation) à Issy les Moulineaux, pour demander sa fiche de préengagement, avant le 31 juillet. Il reçut rapidement tous les documents exigés et il s'empressa de les remplir et de les retourner, sans oublier le chèque d'acompte de dix mille francs pour son inscription et celle de Mona dans la catégorie "auto de série".

Thierry était un peu grisé par toutes ces démarches, par cette spirale dans laquelle il s'était engagé et qui le transporterait à travers un nouveau monde fait de mécanique, de techniques de conduite, de lectures de plans et d'itinéraires, de noms de régions et de contrées exotiques avec un vocabulaire spécifique, un jargon, qu'il devait assimiler en si peu de temps. De tout cela, il en était pleinement heureux. Heureux d'agir, pour la première fois de sa vie, en partageant ce qu'il avait pu gagner, chance et travail mêlés, avec une personne qui, certainement, malgré sa foi et son courage, n'aurait pu arriver seule à réaliser ce grand rêve !

Deux ou trois fois dans la semaine, Mona et Thierry allaient s'entraîner sur le circuit spécial de la ville de Vitrolles, à une trentaine de kilomètres de Marseille, près du bassin de Réaltor ou même sur le circuit d'Alès, dans le Gard. De temps en temps, Christian Lambert accompagnait les futurs coéquipiers pour les voir opérer sur le terrain, juger de leurs lacunes, constater leurs progrès et les conseiller sur la conduite, certains dépannages et réparations.

Parfois, rentrant d'une de ces séances épuisantes d'entraînement et ayant quitté Mona fourbue mais ravie, Thierry pensait un peu, aussi, au côté matériel, budgétaire, de ce qu'il était en train de faire... Une dépense pour lui énorme... mais, tout aussitôt, il se surprenait à n'éprouver aucune véritable inquiétude ; que lui importait l'argent ? Quelle vie avait-il eue jusqu'à ce jour ? Depuis qu'il était entré au laboratoire Mattei comme "petit comptable" ? Sa liaison tumultueuse avec

Hélène ne lui avait pas apporté ce qu'il recherchait pas plus que les autres femmes qu'il avait pu connaître. Il ne s'était pas marié et n'avait pas eu d'enfant parce qu'il n'avait ni jamais vraiment aimé, ni été aimé... L'amour, le vrai, celui qui change la vie de tout humain, ne l'avait pas rencontré... Mona, elle, apportait sa simplicité, sa pureté et sa logique instinctives. Elle était la femme jeune, élémentaire, qu'il aurait pu rencontrer quand il avait son âge et en qui il voyait aujourd'hui la fille qu'il aurait eu d'elle...

Et tout cela en quelques semaines ! Un pari fou, une aventure folle, sans doute, mais que Thierry allait réaliser coûte que coûte !

Les mois d'été et ceux de l'automne avaient été fébrilement employés par Mona et Thierry pour toutes les formalités d'inscription et de participation au rallye, d'achats d'équipements et surtout pour leur entraînement à la conduite dans des conditions aussi particulières que celles qu'ils allaient devoir affronter sur les pistes africaines. La vie quotidienne chez soi, à Marseille, au bureau ou sur les marchés n'avait certes rien de commun avec les bivouacs, les villages indigènes, les dunes de sable, les enlisements dans la boue et le train à soutenir durant chaque étape, à la limite des résistances tant mécaniques qu'humaines !

Mona et Thierry, malgré tout, commençaient à ressembler à une vraie équipe. Alternativement conducteurs et navigateurs, capables de quelques "prouesses" du volant, de l'embrayage et des vitesses et de certains dépannages, acquises sur les circuits de Vitrolles ou d'Alès, ils allaient être fin prêt, au niveau de ce qu'ils pouvaient donner de meilleur... L'avenir tout proche, à présent, dirait seul, "dans le bain", si cette aventure était insensée ou si, même tant bien que mal, elle aboutirait à l'espérance de Mona : réaliser ce que son fiancé n'avait pu terminer et au souhait de Thierry : vivre une autre vie en aidant la fille qu'il pensait s'être découvert.

"ALEA, JACTA EST !"
"LE SORT EN EST JETÉ"

DRUM

353

PlayStation

DEUXIÈME PARTIE

“LE RALLYE”

Vendredi 2 décembre

Enfin le jour “J”, le grand jour, le départ tant espéré, tant attendu, tant préparé ! L’aboutissement d’efforts, d’impatience, d’anxiété, de persévérance et de surpassement ! Le grand bond dans la légende, le moment où la réalité remplace l’imaginaire !

Pour cette nouvelle édition du rallye du Lac Rose !

305 équipages, 126 motos, 108 autos et 71 camions sont présents pour ce prologue qui sert à déterminer l’ordre des départs. Il s’agit là d’une course dite “d’accélération” qui se dispute sur 300 mètres, à la périphérie de Granada, cette belle ville andalouse de 260 000 habitants, riche en monuments témoins de son passé musulman puis catholique. À partir de là, parcourant l’Espagne jusqu’à Malaga, cinq autres pays seront traversés : le Maroc, la Mauritanie, le Mali, la Guinée et le Sénégal, en 15 étapes d’un total de 7 579 kilomètres, comprenant des “spéciales chronométrées”, l’arrivée se faisant à Dakar, la capitale du Sénégal, le 14 janvier, sur les bords du Lac Rose.

Aujourd’hui, près de 200 000 personnes ont bravé la pluie qui tombe en immense douche permanente, détrempant le sol et faisant briller les lumières sur les carrosseries ruisselantes de tous les véhicules.

Le prologue est en effet nocturne et c’est un émerveillement de plus que de voir le rideau de la pluie apparaître sur le fond de la nuit dans les pinceaux des phares.

Mona et Thierry sont là, dans leur Pajero numéro 300 aux couleurs de “Mattei-Pharma”. Ils attendent pour s’élancer sur la piste boueuse, à pleine vitesse, comme vont le faire tous les concurrents, deux par deux, séparés par une rangée de mottes de paille et isolés de la foule des “aficionados” par des glissières de chaque côté.

Pour ce premier jour, Thierry était au volant et son cœur battait fort, cognant presque autant que les culbuteurs du moteur de son véhicule ! Mona regardait droit devant elle, étrange “cosmonaute” dans son vêtement de course, la tête couverte de son casque. Au moment du “top” de départ, elle avait posé sa main en un geste furtif et spontané sur la cuisse de Thierry. Le parcours avait été très bref. Ils avaient eu de la chance. Ils ne s’étaient pas embourbés comme beaucoup d’autres qui avaient dû se débattre dans des vrombissements, dérapant et glissant, faisant jaillir des gerbes d’eau boueuses pour arriver enfin, accueillis par les cris et les applaudissements !

Les beaux véhicules rutilants s’étaient, les uns après les autres, couverts de boue, comme pas mal de leurs équipages. En cette nuit d’eau et de froid Mona et Thierry avaient compris, au cours de ces 300 mètres de “sprint”, combien l’effort pouvait être intense, même si court, et combien ce qui les attendait, considérablement plus important, allait être pénible et laborieux. Pourtant, tous les deux étaient heureux. Le temps réalisé était moyen ; ils étaient partis !

L’essentiel était maintenant d’arriver au Lac Rose coûte que coûte !

***

Samedi 30 décembre

En raison d'un temps exécrable, un véritable déluge, la première étape GRANADA-MALAGA avait dû être annulée. La pluie incessante avait en effet transformé en bourbier le tracé prévu. Le rapport des ouvreurs, chargés de reconnaître le parcours, avait été formel et sans appel. La direction de course avait donc décidé de ne prendre aucun risque et de faire effectuer aux concurrents, en remplacement, une boucle de quatre kilomètres sur un terrain militaire à la sortie de Granada, malheureusement tout aussi boueux que les pistes ! Ce parcours, très sinueux, parsemé de nombreuses flaques, avait constitué, pour les deux nouveaux aventuriers, Mona et Thierry, un véritable baptême, non du feu mais de l'eau. C'était tout de même quelque peu différent des circuits d'entraînement de Vitrolles ou d'Alès. Ces premières difficultés ou fatigues n'étaient pourtant que les prémices de ce qu'ils allaient rencontrer dans la traversée de tous les pays africains du rallye...

Les équipages avaient ensuite gagné l'important port de Malaga par la route d'où ils s'étaient embarqués pour le Maroc, passant la nuit de samedi à dimanche en mer avant de débarquer à Nador.

C'était la première fois que Mona prenait le bateau. Elle était restée de longues heures sur le pont, respirant l'air iodé du large et admirant l'immensité de la mer sous la voûte non moins immense du ciel étoilé.

Les pensées de Mona, dans cette ambiance, s'étaient ainsi envolées pour un retour dans son passé.

Les images de son fiancé lui étaient revenues, pleines de cette vie trop vite terminée. Sa première rencontre avec Romain, c'était un jour d'été. Il était arrivé sur sa magnifique moto cherchant une place entre deux voitures sur le parking de la plage du Prado, à Marseille. Mona avait remarqué son manège, il allait et venait mais, sous son casque intégral, elle ne pouvait apercevoir son visage. Elle ne savait pas que lui l'avait déjà remarqué et qu'il œuvrait justement en ces instants pour être remarqué à son tour comme aiment à l'être la plupart des jeunes... Pari gagné ! Lorsqu'il avait ôté son casque, Mona avait ressenti un coup au cœur. Grand, les cheveux blonds étalés sur ses épaules, le regard bleu, il ressemblait à un Viking. Son aspect très nordique lui avait fait penser qu'il était peut-être d'origine allemande, suédoise ou norvégienne. Lorsqu'il s'était approché d'elle son cœur avait battu la chamade... Elle était allongée sur sa serviette de bain posée sur le sable fin de la plage, non loin du parking.

- Puis-je me mettre près de vous, avait-il dit.

Mona, surprise par son bon français, s'était entendu répondre “Mais bien sûr... je vous en prie”. Elle avait appris alors qu'il s'appelait Romain, d'origine polonaise mais né à Marseille.

Le jeune homme était volubile, au contraire d'elle qui, sans doute par timidité, parlait peu, c'était un beau spécimen masculin. Son visage très fin, à peine sorti de l'enfance, au regard très clair, lui donnait une grande assurance qui manquait un peu à Mona. Elle avait littéralement bu ses paroles, subjuguée par l'impression de réussite totale qu'il dégageait. Elle avait appris qu'il participait à des compétitions de motos “tous terrains” et qu'il préparait le Rallye du Lac Rose pour dans les six mois à venir à partir de décembre.

- Le Rallye du Lac Rose, c'est quoi ? avait-elle dit d'une petite voix, comme pour s'excuser de son ignorance.

Romain avait posé ses yeux d'azur sur les siens, étonné de sa naïveté mais remarquant néanmoins son intérêt pour ce qu'il lui racontait bien que nullement “branchée” sur ce sujet.

- Comment t'appelles-tu ? avait-il questionné tout à trac.

- Je m'appelle Mona...

- Et bien Mona, si ça t'intéresse, je vais t'expliquer le fonctionnement de ce Rallye qui, comme son nom l'indique, doit aller en Afrique jusqu'au Lac Rose près de Dakar.

Romain, patiemment, avec des mots simples, lui avait alors raconté ce qu'était cette fameuse course...

En fin de journée, vers 17 heures, il l'avait raccompagnée sur son bolide jusqu'à son domicile... À partir de là, ils ne devaient plus se quitter jusqu'au départ du Rallye, pour ne jamais plus se revoir ensuite...

***

Dimanche 31 décembre

La deuxième étape allait de Nador à Oujda, longue de 223 kilomètres dont une “spéciale” de 145 kilomètres, sur les étroites pistes marocaines qui traversaient forêts et plaines arides et caillouteuses. Quoique rudes et même austères, les paysages étaient beaux avec, notamment, les grandes dunes de sable visibles à perte de vue. À cela s’ajoutait le pittoresque des villages et de leurs populations accueillantes, curieuses, surtout les nombreux enfants, de voir passer des centaines de véhicules aux moteurs pétaradants et rugissants...

La dure loi de cette compétition n’allait pas tarder à se manifester, marquant l’étape d’un premier accident spectaculaire. Dans un tournant, sans doute négocié très vite, la voiture d’un équipage allemand avait sauté hors de la piste, s’écrasant quinze mètres en contrebas ! Les deux équipiers s’étaient sortis sains et saufs de ce plongeon mais leur véhicule était hors d’usage...

Mona et Thierry avaient fait le choix de conduire à tour de rôle le Pajero, alternativement navigateurs et pilotes. Malgré cela, le train soutenu avait été épuisant pour eux deux. Mona montrait un courage étonnant. Passionnée de vitesse et très adroite face aux multiples difficultés du terrain, elle semblait mépriser totalement tous les dangers. Sans doute devait-elle à sa jeunesse cette fougue et ces réflexes qui surprenaient tant Thierry. De plus, elle trouvait en elle une énergie et une endurance que son aspect gracile ne faisait pas soupçonner. C’est elle qui encourageait et motivait Thierry quand celui-ci accusait une certaine lassitude. Elle poussait ainsi son coéquipier à se surpasser et à réaliser avec elle d’adresse et de dextérité pour la conduite sur les pistes défoncées au tracé incertain. Dans cette course infernale où les embûches étaient à chaque tour de roue et où se côtoyaient les extrêmes, pluie et sécheresse, boue et sable, froid et chaleur, Mona avait trouvé une autre manière de vivre avec laquelle elle faisait corps et âme pleinement ! Le risque la stimulait et l'excitait, compensant ainsi son manque d'expérience dans cette sorte de folle aventure qu'était le rallye. D'autre part, elle découvrait chaque jour tout l'attrait de la présence à ses côtés de l'homme qu'était Thierry. Elle avait confiance en lui, dans son calme, dans sa force. Elle ressentait sa maturité rassurante et n'oubliait pas qu'elle lui devait d'être aujourd'hui sur les traces même de ce jeune motard plein d'avenir qu'elle avait tant aimé et qui avait trouvé la mort dans ces lieux qu'elle parcourait, concurrente à part entière, elle, foraine sur les marchés et fille de l'assistance publique !

Pour Thierry, le changement était aussi de taille ! Les kilomètres ici étaient plus durs à additionner que les chiffres dans son bureau ! Il était loin de la belle villa d'Hélène et de son appartement marseillais cossu. Loin des mondanités et des conseils d'administration où l'esprit ne se manifestait qu'en paroles ou en contrats !

La simplicité et l'humilité étaient de règle dans ce grand raid africain. Il fallait repartir chaque matin malgré les fatigues de la veille. Ne pas tenir compte des courbatures ou des yeux rougis par la réverbération du soleil sur les cailloux des pistes...

Mais c'était cela la liberté Une liberté maîtrisée dont la seule contrainte était d'atteindre le Lac Rose...

Oujda, grande ville marocaine de près de 300 000 habitants, proche de la frontière algérienne, avait accueilli la caravane du rallye pour le réveillon du jour de l'an.

Pour tous ces rudes concurrents, qui depuis trois jours étaient "à la fête de l'épreuve", la perspective de la fête de la Saint-Sylvestre était vraiment bienvenue ! Les organisateurs du rallye avaient tenu à célébrer dans l'allégresse ce passage à l'année nouvelle. Une animation musicale, un bon repas et le champagne avaient triomphé de la fatigue de tous, surtout quand les douze coups de minuit avaient retenti, déclenchant le tintement des coupes qui trinquaient et l'embrassade générale !

Mona et Thierry s'étaient levés, tournés l'un vers l'autre. Les yeux de la jeune femme brillaient et son bonheur était évident.

- Bonne année, dit-elle, merci pour tout. Jamais je n'aurais imaginé qu'un jour je passerais un réveillon de fin d'année, buvant du champagne dans un bivouac en plein désert !

- Moi non plus, Mona, il y a quelques mois, j'étais à des siècles de ma participation à un tel rallye ! Bonne année !

Tous deux s'étaient regardés un court instant puis, spontanément et en même temps, ils s'étaient chaleureusement embrassés sur les joues. Thierry avait retenu un peu Mona par les épaules et avait pu remarquer dans son regard une lueur qu'il n'avait encore jamais vue... Il n'y avait plus cette sorte de méfiance dure habituelle... Le regard de louve était devenu regard de biche... Le visage était légèrement empourpré autant par le champagne que par l'ambiance et une émotion nouvelle... Mona avait baissé la tête, ne pouvant soutenir l'expression particulière qu'exprimaient les yeux de Thierry et qu'elle aussi n'avait jamais aperçue...

Une courte gêne, pour l'un et l'autre, s'était instaurée, heureusement vite dissipée par un "ce n'est qu'un au revoir mes frères" entonné en chœur par toute l'assistance.

La fête s'était terminée peu après, chacun, les moments d'euphorie passés, ressentant tout de même la nécessité de quelques bonnes heures de sommeil. Mona et Thierry, comme tous les autres, étaient donc allés se coucher dans leurs petites tentes respectives.

***

Lundi 1er janvier

La troisième étape Oujda-Er Rachidia, en ce premier jour de la nouvelle année, comportait 552 kilomètres dont 328 de “spéciale”. Cette randonnée, qui attendait les véhicules et les équipages, s’annonçait assez mal pour Mona. Celle-ci, en effet, avait mal dormi et affichait une petite mine avec ses yeux cernés et les traits tirés de son visage.

- C’est peut-être la faute du champagne, avait-elle déclaré à Thierry, comme pour s’excuser.

- Sans doute, et aussi la petite fiesta ajoutée à l’étape... Un bon petit-déjeuner te remettra peut-être en forme. De toute façon, aujourd’hui, je garde le volant toute la journée, tu te reposeras un peu. Moi, je me sens d’attaque ! D’ailleurs cette étape n’est pas difficile. Nous allons traverser de grands plateaux, avait conclu Thierry pour tranquilliser Mona...

Mais la journée n’avait quand même pas été de tout repos pour le pilote du Pajéro. Quoique peu accidenté, le parcours comportait des risques. À vingt kilomètres du départ, alors que Mona somnolait par intermittence, Thierry aperçut, sur le bas-côté, un motard près de sa machine couchée sur le sol. C’était un concurrent italien ; la fourche de sa moto s’était brisée net en franchissant une saignée qui traversait la piste. Le malchanceux attendait le dépannage et, magnanime, signalait aux équipages qui arrivaient le danger dont il avait été victime...

D’autres saignées jalonneraient le parcours qu’il faudrait détecter à temps pour les passer sans casse...

Dans ce paysage désertique et aride la poussière soulevée par les passages des véhicules restait longtemps en suspension et gênait la visibilité...

Finalement, l’étape se révéla longue et éprouvante. Les prévisions optimistes de Thierry, toutes théoriques, ne s’étaient guère réalisées !

Même l'ambiance, dans le véhicule, avait été morose. Mona n'avait pas dit un seul mot, ce qui avait inquiété Thierry. Pourquoi cette espèce de bouderie de la part de la jeune femme ? Depuis leur première rencontre dans le snack de son ami Philippe, Mona et Thierry n'avaient jamais échangé de mots à "double sens" ou à "orientation particulière" pas plus que des gestes "d'approche", ni regard, ni quelque chose susceptible de les réunir dans des relations intimes. Une sorte de respect réciproque s'était instauré entre eux, d'instinct. Thierry se reconnaissant même des motivations paternelles. Tout avait été bâti, sans condition de "reconnaissance particulière" de la jeune femme pour son bienfaiteur autour de ce rallye. Les nombreuses journées employées ensemble sur les circuits de Vitrolles ou d'Alès pour les entraînements spéciaux s'étaient toujours déroulées sans incident. Les seules discussions traitant des questions relatives au Granada-Dakar et à rien d'autre ! Que s'était-il donc passé ? Était-ce dans ce moment du réveillon où leurs regards, l'espace d'une seconde, étaient entrés jusque dans leurs subconscients ? Pour y trouver quoi... ?

L'intuition féminine de Mona percevait-elle depuis cette nuit ce qui pouvait bien arriver et que Thierry ne réalisait pas encore... ?

Enfin, très tard dans la nuit, le Mitsubichi Pajéro de "Mattei-Pharma" fit son entrée dans le bivouac de Er Rachidia. Beaucoup des concurrents étaient déjà arrivés et, après s'être frugalement restaurés, Mona et Thierry ne tardèrent pas à s'en aller dormir, la jeune femme accompagnant tout de même d'un petit sourire le "bonne nuit" à son compagnon...

***

Mardi 2 janvier

La quatrième étape Er Rachidia-Foum el Hassam, au sud du Maroc, avait été marquée par de nombreuses chutes de motards. Plusieurs d'entre eux avaient dû être évacués par l'avion médical du rallye. Heureusement, les blessures n'étaient pas très graves, avaient précisé les organisateurs.

Quand Mona et Thierry, roulant sur les pistes très changeantes, tantôt sable, tantôt cailloux de ce décor quasi-lunaire, étaient passés sur les lieux des accidents, ils avaient vu ces concurrents traumatisés, leur expression hagarde et épuisée qui exprimait toute leur détresse et leur douleur. Ceux-là ne termineraient pas ce Dakar...

Cette fois, Mona avait tenu à conduire pour cette “spéciale” de 520 Kilomètres comportant des pistes variées dans leurs difficultés, “cassantes” à souhait avec leurs cailloux et les nombreuses saignées. La jeune femme avait surpris Thierry par son changement d'attitude. Elle semblait aujourd'hui en pleine forme et était pleine d'entrain, heureuse d'apprendre qu'aucun des motards accidentés n'avait d'importantes blessures, elle avait souligné, attristée tout à coup, que Romain, lui, l'année dernière, n'avait pas eu la même chance...

Le Pajéro, pour l'instant, ne connaissait pas de problèmes. Les mains expertes de Christian, qui avait suivi Mona et Thierry comme assistant technique, faisaient chaque soir, au bivouac, des miracles ! Une seule fois, lors de la traversée d'un gué un peu profond, le véhicule, arrivé trop fort dans l'eau, avait failli faire caler le moteur, repartant aussitôt après deux ou trois hoquets inquiétants ! Ce qui n'était vraiment rien par rapport aux divers engins, voitures, camions ou motos, laissés sur le bord des pistes, cassés ou vraiment en panne.

Sur ces larges et longues pistes certains concurrents poussaient leurs bolides à plus de 200 kilomètres à l'heure, faisant parfois de véritables vols planés de plusieurs mètres lorsqu'ils passaient sur des ornières.

Mona et Thierry avaient aperçu en passant, deux concurrents assis sur une grosse dune de sable qui semblaient attendre l'arrivée d'un camion de dépannage. Pour eux aussi le Rallye semblait avoir pris fin.

Au bivouac, le soir, la tente médicale ne désemplissait pas ; les concurrents se faisaient soigner leurs blessures souvent légères mais parfois, pour certains, sérieuses.

La fatigue commençait à bien se faire sentir en cette cinquième journée épuisante. Jusqu'ici, Mona et Thierry n'avaient pas eu vraiment de gros problèmes...

Cette chance, cette réussite dureraient-elles ?

***

Mercredi 3 janvier

Cette journée n'allait pas être comme les autres... Les concurrents qui, de Foum el Hassam, devaient rejoindre Smara, toujours en territoire marocain, en parcourant 620 kilomètres dont une "spéciale" de 474, allaient être confrontés à un véritable drame qui, une nouvelle fois, aurait pu endeuiller le Rallye.

Ce 3 janvier, ironie et cruauté du sort, le camion d'assistance Citroën numéro 413 prend subitement feu, en pleine course, à la suite d'un éclatement de pneu. Devançant seulement de quelques fractions de secondes les effets dévastateurs de l'incendie, le pilote, un jeune de 26 ans, réussit de justesse à s'extraire de son véhicule avec juste quelques égratignures et brûlures superficielles... L'hypothèse d'une mine ancienne, enfouie dans le sol et explosant sous le poids d'une roue sera formulée lors de l'enquête sur l'accident.

La voiture de Mona et Thierry avait réussi à conserver une bonne allure soutenue tout au long des pistes poussiéreuses de terre rouge, parfois caillouteuses et qui se bosselaient en "dos d'âne". Ce qui devenait encore plus dangereux. Un des favoris de l'épreuve en avait fait une malheureuse expérience. Son véhicule lancé à vive allure avait exécuté une cabriole spectaculaire, sa carrosserie se disloquant en plusieurs parties ! Près de cinq heures de réparation avaient enlevé tout espoir de victoire à ce concurrent néanmoins rescapé. Un autre, motard celui-là, avait fait aussi une chute spectaculaire en vol plané, heureusement sans conséquence pour lui. Il était reparti après quelques minutes de récupération autant morale que physique !

En voulant suivre un camion qui venait de les dépasser, Mona qui pilotait le Pajero ne s'était pas aperçue, comme Thierry à son côté, que le poids et les grandes roues du camion avaient creusé dans le gué qu'ils empruntaient des grosses ornières profondes sous l'eau boueuse... Naturellement, le Pajero s'était embourbé au beau milieu du passage et ses deux passagers avaient eu bien du mal à se sortir de ce piège ! Thierry était descendu et, tout de suite, il avait senti ses pieds s'enfoncer dans le sol mou et l'eau lui monter jusqu'à mi-cuisses. Malgré cela, il s'était mis à pousser le véhicule tandis que Mona jouait de l'embrayage et de l'accélérateur. C'est alors que le spectacle de son compagnon se débattant sous des gerbes d'eau sale avait déclenché son fou rire et que, sans doute par contagion et énervement, Thierry avait éclaté lui aussi ! Heureusement, la chance était avec eux car cinq à six militaires du pays qui se trouvaient dans les parages étaient accourus à leur aide, les tirant de cette mauvaise situation.

Mona et Thierry, arrivant enfin le soir au terme de l'étape, devaient apprendre le terrible événement survenu au camion d'assistance dans la journée. Dès leur entrée dans le bivouac, ils avaient pu lire sur tous les visages des organisateurs et des concurrents un étonnement mêlé de colère... Pourquoi des mines avaient-elles été posées sur les pistes et comment étaient-elles encore là ?

Ce soir-là, jusqu'à l'extinction des feux, les langues allèrent bon train sous les tentes, émettant toutes sortes de commentaires acerbes et de suppositions inquiètes.

La fatigue et les autres émotions nombreuses du jour devaient tout de même avoir raison des énergies, ramenant pour tous le sommeil réparateur. Bien utile pour le lendemain.

***

Jeudi 4 janvier

Le départ des concurrents devait se dérouler ce matin dans une atmosphère d'irritation et de crainte. Le directeur de la course avait prononcé des paroles rassurantes à l'intention des équipages groupés près de leurs véhicules. Il était en effet naturel pour tous ces concurrents de redouter pour eux-mêmes une mine sous leurs roues puisque le camion d'assistance en avait rencontré une la veille !

Les moteurs s'étaient néanmoins remis à vrombir, encore et toujours, cette fois pour gagner Zouérate, en Mauritanie. Au moment où les bolides allaient s'élancer, une dizaine de cavaliers marocains avaient exécuté une Fantasia. Fonçant à plein galop en une même ligne, ils avaient tiré en l'air une salve retentissante avec leurs longs fusils si typiques. Spectacle martial et viril évoquant sans doute une charge de guerriers d'un autre temps ! Plus folklorique encore, et plus paisible surtout, le passage de deux jeunes garçons du pays, sur une charrette tirée par un âne transportant des cartons et des ballots de chiffons, la tête de l'équidé arborant une pancarte portant le numéro 115 ! À leur façon, une manière de participer aussi à la course !...

Les longues pistes sablonneuses défilaient à vive allure sous les pneus du Pajéro encore conduit par Mona, l'assurance de celle-ci s'affirmant de jour en jour. Elle récupérait de plus en plus facilement la fatigue de chaque journée. Thierry était rassuré de voir sa partenaire en aussi bonne forme et meilleure maîtrise mais il frissonnait aussi, parfois, quand le 4x4 faisait des pointes à grande vitesse sur les parties plates et que quelques rochers plus ou moins gros apparaissaient subitement, dépassant du sable ! Ces écueils étaient dangereux et seule la dextérité de Mona avait permis jusqu'à présent de les éviter...

Là encore, la chance ne sourit pas toujours et à tous. La voiture des deux pilotes belges percuta à toute allure un de ces rochers et, déséquilibrée, exécuta plusieurs tonneaux sur une vingtaine de mètres avant de s'immobiliser, totalement fracassée ! Par un de ces caprices du sort, illogique mais cette fois heureux, les deux hommes sortirent indemnes de ce "multiple saut périlleux !"

Encore des concurrents qui ne termineront pas le rallye, avait pensé Mona.

Le passage de la frontière entre le Maroc et la Mauritanie, sur une piste ensablée et pleine d'ornières, avait ralenti la progression du Pajéro de Mona et Thierry. Pourtant, la prudence étant de mise avant tout, il n'avait pas été question de tenter de rattraper le temps perdu. Éviter de casser le véhicule était le souci majeur ! Tant pis pour le chrono et le classement...

***

Vendredi 5 janvier

Le rallye avait planté son premier bivouac de Mauritanie à Zouérate, assez grande ville en bordure du Sahara Occidental.

Les grandes dunes de sable mauritaniennes attendaient, le lendemain, les concurrents. Une journée très dure pour eux, pour gagner Atar, la prochaine étape, dans une torride chaleur de 40° !

Après une semaine de course épuisante, les concurrents rescapés allaient devoir encore affronter une difficile épreuve autant pour le moral que pour le physique. Bon nombre de ces concurrents, mal classés, avaient choisi de rouler ensemble, en convoi. Mona et Thierry s'étaient joints à eux. Ce choix était judicieux pour tous ces “modestes” du rallye qui, se serrant ainsi les coudes, pouvaient se sentir quelque peu sécurisés.

La course de côte effectuée sur une piste jonchée de grosses pierres et la passe d'Amochia, une montagne noirâtre, le Pajéro conduit par Thierry avait triomphé de ses premières difficultés non sans frayeur pour ses passagers. En effet, la poussière soulevée par les voitures qui roulaient devant, laissait très peu de visibilité pour une conduite sereine. Deux ou trois fois le Mitsubichi N° 300 avait frôlé le pire, manquant de basculer dans le ravin. La piste caillouteuse, très étroite à divers endroits interdisait aux pilotes le moindre écart...

Ce périlleux passage enfin franchi, Mona et Thierry avaient découvert sous leurs yeux, à perte de vue, l'immensité du désert dans toute sa splendide désolation. Une lumière aveuglante dans une chaleur étouffante. Le thermomètre, dans la voiture, affichait 60° !

- Je suis épuisé, avait dit Thierry, montrant un visage maculé de poussière sur lequel sa sueur ruisselante traçait des sillons.

Profitant d'un léger élargissement de la piste, il s'était arrêté sur le côté, sautant à bas du véhicule. Mona était elle aussi descendue, cherchant dans la fournaise ambiante une température moindre que celle de leur cabine, et détendant un peu ses membres et son dos endoloris. Sa figure aussi était couverte de traces noires... Tous deux, s'étant regardés quelques secondes, éclatèrent de rire. Un rire venu autant de la tension qu'ils éprouvaient que du spectacle de leur mine, de leur peur latente que de leur fatigue

Étaient-ils donc à bout de forces ?

Mona et Thierry avaient retiré leurs casques, libérant leurs cheveux collés, et étaient allés s'asseoir à l'ombre précaire du Pajéro. Après s'être aspergé le visage d'eau tiède, Thierry avait demandé à Mona.

- Et toi, comment te sens-tu ?

- Toute sale, avait-elle répondu en souriant. Je ne m'imaginais pas combien cette épreuve pouvait être si difficile ! Nous ne sommes qu'à moitié chemin et il y a encore toutes ces dunes à passer...

Les quatre voitures qui les devançaient avaient disparu dans les vallonnements de sable...

- Il va falloir y aller, avait déclaré Thierry d'une voix lasse.

Mona avait compris à cette intonation combien son équipier était fatigué. Elle s'était alors exclamée sur un ton volontairement enjoué :

- Allez, je prends le volant, vous allez voir comment je vais m'avaler ces dunes ! Il faut arriver à Atar avant la nuit.

La première dune "avalée" permit à Mona et Thierry de revoir les quatre voitures. Deux d'entre elles étaient ensablées. Les dix concurrents rescapés avaient alors unis leurs efforts pour dégager ces véhicules bloqués dans le sable qui montait jusqu'à la mi-hauteur des roues. Après avoir descendu la pression d'air des pneus de l'une des voitures, dégagé les roues du sable et placé les plaques de désensablage à l'avant et à l'arrière, celle-ci avait pu sortir de son piège. Il en avait été de même pour l'autre véhicule. Ainsi, grâce à la cohésion et à l'entraide du groupe, un obstacle, insurmontable sans doute pour des isolés, avait été vaincu !

Malheureusement, d'autres fois encore, il fallut se mobiliser dans des efforts communs pour triompher de l'adversité. La nuit avait ainsi surpris ce petit monde en plein désert. Bien d'autres victimes, d'ailleurs, de cet enfer de sable, se trouvaient prisonnières des dunes et décidaient de reprendre des forces en cassant la croûte dans l'attente d'autres renforts ! Dans cette nuit, le désert abritait bon nombre de concurrents. Ceux de la race des nocturnes ou, plutôt, vu leur état, ceux de l'espèce des zombies !

Mona et Thierry, avec leurs huit compagnons d'infortune, enfin au bout de leurs peines du jour, étaient arrivés à Atar vers 1 h 30 du matin...

***

Samedi 6 janvier

La seconde partie de la course allait ramener les rescapés de la veille de Atar jusqu'à Zouérate, mais par d'autres chemins, durant 539 Kilomètres ! Sur ce parcours très varié, pour ne pas changer, dans ses difficultés et ses obstacles, de nombreux incidents devaient être enregistrés. Le franchissement d'ergs, ces vastes étendues du désert parsemées de dunes de sable, parfois de passages entre des falaises et des pistes longues à n'en plus finir, allait se révéler dramatique pour plusieurs camions d'assistance qui furent mis hors course en même temps que d'autres camions de concurrents arrivés au bout de l'étape hors délai.

Le 4x4 Pajéro de Mona et Thierry roulait à vive allure, menant sa course à son train, selon les possibilités, néanmoins de plus en plus remarquables, de ses deux conducteurs de moins en moins néophytes ! Devant eux, les leaders de la course, champions chevronnés et réputés, se livraient une lutte sans merci ni cadeaux ! C'est ainsi que, à près de deux cents kilomètres à l'heure, Traby, un des favoris, s'est trouvé en train d'effectuer quatre ou cinq tonneaux, virevoltant dans un nuage où se mêlaient sable et pierres projetés ! Heureusement sans gravité pour l'homme, au contraire du véhicule réduit à un tas de ferraille !

Collés contre leur siège par une abondante sueur ruisselant à travers leurs vêtements, Mona et Thierry n'avaient pas eu de problèmes majeurs. Ce jour-là, pour eux, avait été un bon jour...

Hélas, pour un autre pilote, une nouvelle fois, il en avait été autrement. Son camion Mercédès avait percuté un gros rocher puis fait plusieurs tonneaux spectaculaires avant de se retrouver au fond d'un ravin. Si la mort ne s'était pas manifestée dans cet accident, le Rallye était pourtant bel et bien terminé pour le pilote blessé.

Sans doute le destin voulait-il signifier à tous que l'aventure et le surpassement permanent dans le risque sont toujours et de plus en plus périlleux ! Curieuse impression aussi, tout de même, de constater combien le drame, surtout, peut capter l'intérêt et être passionnant...

C'est ainsi que tous les coureurs qui le pouvaient repartiraient de plus belle le lendemain ! Quel "bel esprit rêveur" pourrait bien penser qu'une éventuelle mort d'homme découragerait qui que ce soit ?

***

Dimanche 7 janvier

Zouérate accueillait donc le rallye en cette dixième journée de compétition pour une pause bien méritée. Ce choix était intéressant à plus d'un titre. D'abord par la population de cette ville de Mauritanie, composée en partie de "Maures", c'est-à-dire les Mauritaniens "blancs" qui, pourtant en minorité et à ne pas confondre avec les touaregs, détiennent l'ensemble des pouvoirs et la richesse du pays... Il suffit d'entrer dans un poste de police, le gradé est maure, les subordonnés sont noirs... Dans une épicerie, le commis est noir, le caissier est maure... Cette hiérarchie existe aussi dans tous les rouages administratifs, commerciaux et politiques du pays. En revanche, et cela n'est pas négligeable, c'est bien la partie la plus nombreuse, celle de la population noire, humble et laborieuse, qui est la plus joviale et la plus chaleureuse! Les Mauritaniens sont d'une grande gentillesse et particulièrement hospitaliers. Les invitations à prendre le thé à la menthe, à manger et même à loger chez l'habitant, sont fréquentes. Tout ce monde, actif, se déplace volontiers dans des minibus verts et jaunes portant la mention "Transports urbains des personnes" qui empruntent des itinéraires fixes pour un prix dérisoire, unique, quel que soit le trajet!

Autre pôle d'intérêt de Zouérate, ô combien! La mine de fer, l'une des plus grandes en exploitation. Le spectacle est hallucinant! On est en train de raser la plus haute montagne du pays!

Enfin le train, qui achemine le minerai extrait de Zouérate à Nouadhibou est une attraction unique! Le plus long, trois kilomètres, le plus lourd... et le plus lent du monde!

Il faut bien mentionner cette autre particularité, qui explique peut-être l'accident survenu au pilote du camion d'assistance du rallye, dont le pneu avait éclaté en pleine vitesse, la présence d'explosifs, de mines encore enfouies dans le sable depuis la guerre contre le Polisario.

Au petit matin de ce dimanche 7 janvier, donc, le camion-balai avait ramené au bercail les machines et les pilotes contraints à l'abandon. Beaucoup de ceux-ci étaient découragés, épuisés moralement et physiquement : cent quatre-vingt-sept motos, autos et camions avaient dû renoncer sur les trois cent cinq partis de Grenade !

Le classement général montrait l'équipage Martigue-Térier en tête. Ce qui présentait pour Mona et Thierry un intérêt très relatif. Cette position au sommet leur était en effet totalement inaccessible et ils ne l'ambitionnaient d'ailleurs pas ! L'essentiel pour eux étant d'arriver sains et saufs au Lac Rose, tant pis pour le classement !

Cette journée de repos était la bienvenue. Après une bonne nuit réparatrice qui s'était prolongée pour eux jusque vers 10 heures, Mona et Thierry s'étaient levés de bon pied et bon cœur".

- L'aventure, ça creuse, avait lancé Mona après avoir englouti un copieux petit-déjeuner. Si nous allions faire un peu de tourisme ?

Thierry étant tout à fait d'accord, les deux avaient décidé de consacrer la journée à la visite de Zouérate.

Parvenus dans les rues de la ville, Mona et Thierry ne passaient pas inaperçus ! Les gens étaient curieux et heureux de voir et d'approcher ces "drôles d'individus" circulant parmi eux à pied, descendus de leurs "drôles de machines" ! Mona n'était pas moins ravie de les rencontrer et de discuter. Les enfants, surtout, avec des grands sourires, encerclaient bruyamment et gentiment la jeune femme qui, riant aussi, caressait de ci de là un visage, prenant parfois dans ses bras un plus petit. Elle révélait ainsi son amour pour les enfants et

Thierry s'étonnait de la voir si maternelle. Il n'avait pas imaginé qu'elle pût être ainsi, si sensible et si enthousiaste et il se sentait très touché de découvrir une Mona qu'il ne connaissait pas. Visiblement, en quelques mois, celle-ci s'était transformée; elle n'était plus la fille écorchée vive mais une femme épanouie!

Devant eux, un groupe d'une dizaine d'enfants gesticulant et poussant de grands cris, encadrés par deux femmes vêtues de blouses blanches, s'étaient engagés dans l'entrée marquée par un grand portail bancal ouvert le long d'un mur peint à la chaux et sur lequel s'étalait l'inscription "DISPENSAIRE". Machinalement, Mona s'était dirigée vers cet endroit où les enfants venaient de pénétrer.

- Où vas-tu? avait demandé Thierry en lui emboîtant le pas.

- Venez, allons rendre visite à ces enfants.

Au-delà du portail, il y avait une grande cour qui s'étendait devant un bâtiment. Le mot INFIRMERIE surplombait une porte.

Une dame de forte corpulence et d'un certain âge était venue à la rencontre des visiteurs avec un large sourire.

- Bonjour.

L'accent guttural avait un peu étonné Mona.

- Bonjour madame, êtes-vous française?

- Non, mon origine est allemande, mais je vis ici, en Afrique, depuis de nombreuses années. Mais que me vaut votre visite? Vous faites partie des gens du Rallye, sans doute?

- Oui, mais ce n'est pas du Rallye dont je voudrais parler, j'aimerais connaître le ou la responsable de ce dispensaire...

- C'est moi, je suis aussi infirmière, avait répondu celle-ci avec toujours son grand sourire sur les lèvres qui éclairait un visage plein de bonté et de chaleur humaine. Je m'appelle Muller mais ici tout le monde me surnomme "mama".

Comme vous le voyez, notre dispensaire n'est pas très reluisant. Nous manquons de moyens pour entretenir les locaux. Nous faisons notre possible mais malheureusement il n'y a pas de miracle en vue !

Une autre personne, visiblement africaine, avait rejoint le groupe à ce moment.

- Je vous présente ma collaboratrice, avait déclaré madame Muller, c'est mademoiselle Diop, elle habite Zouerate et m'aide dans toutes mes missions humanitaires. Le bâtiment du milieu sert de dépôt pour les médicaments, quelques appareils et aussi d'infirmerie. Le bâtiment de gauche est une grande pièce éclairée par de larges fenêtres et sert de chambre où nous avons installé quelques lits alignés le long du mur. L'aménagement est simple mais fonctionnel : grande table pour déposer le linge et la literie car nous n'avons ni armoire ni penderie... trois WC, des douches, une baignoire, une batterie de quatre lavabos. L'état des lieux ne respire pas une hygiène parfaite. Mademoiselle Diop et moi-même dormons dans une grande pièce séparée en deux par un grand rideau blanc. Voilà, c'est ici que s'écoule notre vie et que nous nous efforçons de soulager quelques misères et souffrances...

Après cette description pas très réjouissante, Mona, pensive, avait dit à madame Muller, avec un sourire un peu triste : "Je reviendrai peut-être un jour, merci pour votre aimable accueil."

Ayant pris congé de ces deux dames charmantes qui les avaient raccompagnés jusqu'au portail apparemment toujours ouvert, Mona et Thierry s'étaient éloignés.

Thierry avait été surpris par "l'au revoir" de Mona aux dames du dispensaire, aussi lui avait-il demandé la signification de ce "je reviendrai peut-être un jour..."

- Pourquoi pas, qui sait ce que l'avenir nous réserve, avait-elle répondu avec dans le regard une lumière que son compagnon ne lui connaissait pas.

Pour les deux visiteurs, la journée s'était déroulée dans l'allégresse de découvrir toute une vie tellement différente de la leur ! Les indigènes eux-mêmes, leurs attitudes et leurs habillements, les rues et les maisons, les commerces et les bâtiments publics ; toute une ambiance colorée, expansive, dont ils garderaient le souvenir, quoi qu'il arrive...

À la tombée de la nuit, la tête emplie d'images et les oreilles des sons les plus divers, Mona et Thierry s'étaient retrouvés sous leur tente du bivouac. Dans la lumière prodiguée par une lampe alimentée en courant par un groupe électrogène, Mona n'arrêtait pas de parler. Elle était comme un jeune animal fou assoiffé de vie. Impétueuse dans ses propos, insouciante de ce qu'il pouvait advenir demain, elle se laissait emporter par son enthousiasme, par l'émotion des moments qu'elle venait de vivre et de l'instant présent, là, dans cette tente, sous le ciel d'une nuit de Mauritanie, avec Thierry, l'homme par qui tout cela arrivait...

Mona voulait se raconter encore, sans même y penser. Elle avait besoin d'exprimer en un flot de paroles ses sentiments et ses souvenirs. Elle parlait de sa jeune existence à Marseille, de l'assistance publique, de sa nourrice, des parents qu'elle n'avait pas connus, de sa formation précoce et solitaire à la vie. Elle décrivait aussi sa rencontre, à dix-huit ans, avec un garçon de la cité populaire Michelis qui avait une moto. Celui-ci, âgé de vingt-et-un ans, lui avait confié qu'il rêvait de faire une course-rallye. Elle, Mona, n'avait pas compris, un jour, pourquoi cet homme qui prétendait l'aimer et qu'elle aimait, l'avait quittée pour aller si loin, en Afrique, faire cette fameuse course... Elle avait senti, alors, qu'elle ne le reverrait plus jamais...

Arrivée à ce point de son discours, Mona était restée un instant muette avant de reprendre :

Il s'appelait Romain, sa mère était venue me voir sur le marché et m'avait dit qu'il avait eu un accident, là-bas, dans le désert et qu'on allait ramener son corps...

De nouveau, la jeune femme s'était interrompue. Sa voix, avant de s'éteindre, était devenue rauque. Elle refoulait difficilement un sanglot...

Il y avait eu un long silence durant lequel Mona était retournée en pensée vers ces quelques instants heureux de sa vie trop vite disparus.

Thierry avait respecté cette absence momentanée, ému lui aussi devant cette douleur...

- J'ai peur, Thierry, avait tout à coup prononcé Mona, revenant au moment présent. J'ai peur de mourir comme Romain, sur ces pistes, dans tout ce sable...

À ces mots, Thierry avait senti un frisson le parcourir. Ne plus revoir Mona ? Ne plus l'entendre rire et parler ? Ne plus la sentir près de lui ? C'était impossible... Comme elle était vraiment fragile, elle qui avait pourtant l'air si forte !

Thierry s'était alors levé, s'avançant vers Mona, assise devant lui et qui le regardait s'approcher d'elle avec ses yeux brillants... Tendrement, celui-ci s'était penché pour relever le menton de la jeune femme et, dans le même mouvement, instinctif, sans y penser, il l'avait embrassée sur ses lèvres entrouvertes... La pression chaude et ferme de cette bouche contre la sienne avait alors déclenché en lui un trouble irrésistible ; il avait prolongé ce baiser, mêlant son haleine à celle de Mona, la possédant déjà par ce seul contact...

Mona avait émis un petit son inarticulé en se dégageant enfin pour se lever et se blottir dans les bras de Thierry qui l'avait serrée fort contre lui, plongeant son regard dans le sien en une sorte de quête de son consentement... Mona n'avait pas baissé les yeux et leurs lèvres s'étaient encore jointes. Tous les deux venaient de comprendre qu'ils n'allaient plus résister à l'appel naturel de leurs sens. Thierry sentait que sa tendresse se muait en passion et que cette passion animait tout autant la jeune femme qui frissonnait contre lui. Hier, celle-ci avait follement aimé son jeune fiancé ; elle adorait être aimée, être prise par lui mais, aujourd'hui, avec cet homme qu'elle ne connaissait que superficiellement, qui avait l'âge d'être son père, elle ressentait un vertige et une ivresse jusque-là inconnus...

Thierry avait soulevé Mona dans ses bras, la portant jusqu'à son lit de camp. Là, il l'avait dévêtu embrassant au fur et à mesure qu'il les découvrait, les parties tièdes et abandonnées du jeune corps...

Mona s'était donnée totalement à l'homme, à la fois lascive et exigeante, émerveillée aussi par cette étreinte virile, proche de la douleur, qui ne ressemblait en rien à ce qu'elle avait pu connaître... Elle savait que Thierry attendait d'elle cette jouissance fougueuse et partagée. Elle avait été ardemment sienne...

Longtemps dans la nuit, ils avaient prolongé et développé leur plaisir, goûté le retour à la vie de leurs corps de femme et d'homme enlacés.

***

Lundi 8 janvier

Ce matin-là était le début d'un jour très différent des précédents. La routine de la course allait bien reprendre, avec ses difficultés et ses dangers devenus coutumiers, mais deux concurrents de ce rallye ne se regardaient plus de la même façon et étaient désormais différents l'un pour l'autre...

Mona et Thierry, dans cette nuit qui venait de finir, avaient cédé au vertige charnel et connu, l'un par l'autre, toute leur intimité. La soudaineté inattendue de ce désir et son intensité les avait surpris et troublés profondément. Finalement comblés, ils s'étaient lourdement endormis. À présent, le réveil était gênant. Que faisaient-ils sur cette même couche, se tournant mutuellement le dos ? Mona s'était levée la première, ignorant son compagnon qui l'avait suivie de peu.

- Ça va ? Avait-il lancé en s'approchant, tu sembles fatiguée…

Mona avait détourné son regard, s'absorbant dans la préparation du petit-déjeuner. Le cerne sous ses yeux accentuant les traits émaciés de son visage.

- Je prends le volant toute la journée, avait ajouté Thierry, réalisant que l'attitude de la jeune femme était celle d'une grande gêne survenant après leur “incartade” sous les étoiles... Les instants de grâce étaient passés et le sang-froid revenu.

La mécanique allait reprendre ses droits, empêchant par ses exigences et son vacarme toute communication...

Cette neuvième étape entre Zouérate et El Mreiti, malgré sa distance de 638 Kilomètres, devait être un parcours sans grandes difficultés de navigation. Seule une crevaison du pneu avant droit, survenant à vive allure, aurait pu causer un accident. En effet, l'éclatement avait eu lieu au moment où un autre véhicule effectuait son dépassement. La crevaison avait provoqué un écart en direction de ce concurrent et seule la belle maîtrise de Thierry avait pu éviter l'accrochage, au prix de quelques beaux zigzags et d'une certaine émotion !

Malgré cet incident, Mona était restée muette, regardant fixement droit devant elle et Thierry n'avait fait aucun commentaire...

Finalement, donc, une étape assez facile quoique toujours fatigante, suffisamment pour que les deux équipiers soient heureux d'arriver au bivouac. Ce qui fut fait avant que vienne la nuit.

Cette nuit ne ressembla pas à la précédente malgré une voûte étoilée scintillante des plus romantiques. Des sentiments divers se heurtaient dans les esprits de Mona et de Thierry. L'un et l'autre étaient partis dans cette aventure du rallye sans arrière-pensée. Mona réalisait son rêve grâce à un homme en qui elle voyait plus un protecteur désintéressé qu'un éventuel amant. Thierry avait surtout ressenti, d'emblée, de la compassion et de la tendresse pour cette jeune femme qui aurait pu être sa fille...

Après le repas, où seuls quelques propos techniques sur le parcours du jour furent échangés, un "bonne nuit" à peine murmuré clôtura la soirée...

***

Mardi 9 janvier

Le lever du soleil avait annoncé d'emblée avec quelle ardeur cet astre allait sévir. La chaleur tombant du ciel de tout son poids était bien décidée à faire "bouillir dans leurs marmites roulantes" et sur leurs grils à deux roues" les téméraires concurrents !

Cette journée, avec son lot habituel d'événements, ne connut cependant pas, heureusement, d'accidents ou incidents trop importants. Un des favoris avait quand même cassé son moteur et avait été contraint à l'abandon de la course.

Mona et Thierry, qui poursuivaient leur chemin et malgré leur fatigue, étaient toujours émerveillés par la découverte des différents paysages qu'ils parcouraient. L'immensité des dunes à perte de vue semblait aujourd'hui un décor lunaire entre ciel et sable. Tous deux savaient que jamais plus une telle occasion se représenterait. Ils avaient donc décidé d'en profiter au maximum, ouvrant grands leurs yeux et ressentant, sans toutefois l'exprimer l'un à l'autre, une grande admiration...

Une nouvelle fois, des concurrents avaient jugé bon de rouler en convoi, s'assurant ainsi une meilleure garantie pour atteindre Tichit avant que finisse le jour. Une sorte de colonne composée de plusieurs motards et de nombreux véhicules s'était ainsi formée. Il valait mieux se retrouver à plusieurs lors des enlisements assez fréquents dans ces immenses dunes ! La tempête de sable qui avait été annoncée motivait encore cette précaution et la perspective très peu rassurante de cette intempérie avait stimulé l'ardeur de tous. Pour affronter le vent déchaîné et les tourbillons de sable, les abris du bivouac étaient bien préférables !

Quelques ensablements retardèrent néanmoins des véhicules mais la "tactique du convoi", par ses entraides immédiates, permit d'arriver à bon port dans les délais... et avant la tempête !

C'est dans la nuit que les hurlements du vent avaient annoncé l'assaut de la tourmente de sable. Celle-ci s'était abattue sur Tichit et son bivouac, secouant les tentes et projetant dessus d'énormes pelletées de sable que les concurrents, heureusement bien abrités, entendaient crépiter sur la toile !

Thierry, longtemps les yeux ouverts dans la nuit, allongé sur son lit, s'était félicité intérieurement d'avoir vérifié et renforcé la bonne fixation des piquets !

Cette tourmente, pourtant redoutable et qui inquiétait naturellement Mona, n'avait pas rendu celle-ci plus bavarde et Thierry n'avait pu que converser, avant de s'endormir, avec ses propres pensées...

***

Mercredi 10 janvier

Depuis ces deux jours précédents, donc, Mona n'adressait presque plus la parole à Thierry et celui-ci n'éprouvait guère, non plus, le besoin de parler pour autre chose que l'indispensable. La gêne persistait et, ce qui d'ordinaire aurait dû créer un climat euphorique, semblait bien plutôt avoir dressé une barrière entre les deux équipiers. Heureusement pour la course, si Mona et Thierry ne constituaient pas un duo, ils demeuraient une vraie équipe en compétition !

Thierry savait que c'était dans cette étape, près de Kiffa, que Romain, le fiancé de Mona, s'était tué dans son accident de moto. Il comprenait que celle-ci soit encore plus refermée sur elle-même au moment de voir les lieux où son bonheur avait tragiquement pris fin... D'autre part, il s'en voulait de n'avoir pas demandé carrément pourquoi tout ce silence, cet isolement vis-à-vis de lui. En fait, il le savait bien, ce pourquoi ! La force lui avait manqué de résister à l'appel de son désir, de ses sens d'homme dans la pleine possession de ses moyens. Il constatait amèrement que les sentiments chevaleresques ne pesaient parfois pas lourd en présence d'un corps de femme jeune et libre qui ne se dérobait d'ailleurs pas... Thierry s'estimait cependant responsable de cette nuit de Zouérate... Il y avait pourtant eu d'autres nuit dans la solitude de la tente avant celle-là ! Pourquoi avait-il fallu que, tout à coup, elle soit différente et que Mona et lui se laissent emporter à commettre ce qui pour eux ne pouvait être que sans issue ?

Toutes ces pensées hantaient l'esprit de Thierry tandis qu'il Pilotait le Pajéro sur les pistes pierreuses ou de sable ocre, parsemées de grosses touffes d'herbe, au cœur d'une paysage lunaire...

Soudain, au détour d'un grand rocher noirâtre, une magnifique palmeraie avait surgi elle surplombait un petit lac alimenté par une chute d'eau rebondissant en cascade le long de gros blocs pierreux. Le spectacle était superbe et surprenait par son apparition que rien ne présageait... Mais ne dit-on pas que l'Afrique est "terre de contrastes" ?

- C'est là, Thierry ! s'était écriée tout à coup Mona, rompant son silence. C'est là ! Je me souviens avoir entendu la mère de Romain me dire que son fils était tombé près d'une palmeraie avec un lac aux environs de Kiffa...

La jeune femme était visiblement très émue en prononçant ces mots.

- Arrêtons-nous quelques instants, s'il vous plaît.

Thierry avait immédiatement obéi, quittant la piste et arrêtant le véhicule sur les bords du lac qu'entouraient les superbes palmiers.

- Quel spectacle, c'est magnifique, n'avait pu s'empêcher de constater Thierry à haute voix. Cet endroit est tellement différent de tout ce que nous venons de traverser !

Mona, elle, ne s'intéressait pas du tout au paysage. Elle était descendue tout de suite de la voiture sans relever le commentaire de son compagnon et avait enlevé son casque, le posant sur le capot. D'un geste décidé, elle avait alors enlevé de son cou une chaîne où était accroché un médaillon puis, regardant enfin autour d'elle, elle avait repris comme une automate, sur un ton uni, la phrase de Thierry :

- "Quel spectacle, c'est magnifique..."

Cela dit, elle s'était dirigée vers un grand palmier et, s'agenouillant à son pied, elle avait creusé dans le sable, avec ses mains, un trou bien profond dans lequel elle avait déposé le médaillon avant de remettre soigneusement tout le sable enlevé par-dessus...

Mona était restée ainsi, agenouillée, silencieuse et recueillie durant un long moment avant de regagner la voiture où l'attendait Thierry. Celui-ci, qui avait suivi la scène sans dire un mot, était ému de voir sa coéquipière, son amante d'une nuit, se livrer à cette sorte de cérémonial du souvenir...

La jeune femme avait repris sa place dans le véhicule et, regardant droit devant elle, vers le but encore lointain de cette aventure, elle avait déclaré :

- Voilà, j'ai fait ce que je devais, ce que je m'étais promis... j'ai mis dans ce trou, certainement tout près du lieu de la mort de Romain, un médaillon avec une photo de lui et de moi... C'est ma manière à moi de lui montrer que je suis toujours à son côté, là où la mort a voulu me le prendre... Merci, Thierry, de m'avoir permis de tenir ma parole... À présent, il me reste encore à finir ce rallye, en bon état si Dieu le veut...

Ces derniers mots de Mona... "en bon état si Dieu le veut..." avaient résonné bizarrement aux oreilles de Thierry...

- Nous le terminerons, Mona, sois en sûre, avait-il répondu, et dans le meilleur des états...

Là aussi, cette affirmation, l'espace d'un éclair, ne lui avait pas paru être vraiment le reflet de sa pensée profonde...

Le grondement subit du moteur lancé avait rompu le silence et ramené la vie telle qu'elle était dans ce temps présent.

Le 4x4 Pajéro vert et blanc avait repris sa route en direction de Kiffa.

***

Jeudi 11 janvier

Le rallye arrivé en Afrique noire fait son retour au Mali après cinq ans d'absence. L'étape de ce jour, Kiffa-Kayes est la douzième. La Mauritanie laisse donc la place au Mali, ce pays deux fois plus grand que la France et presque huit fois moins peuplé. Comme si le sol voulait aussi marquer sa différence, le sable a fait place à une sorte d'argile rougeâtre, appelée latérite, qui revêt désormais les pistes sinueuses.

La voiture de Mona et Thierry fonçait comme à l'accoutumée, se couvrant de plus en plus de la couleur de rouille projetée par ses roues. Trois biches affolées, surgies tout à coup, avaient accompagné durant un moment, en bonds désordonnés mais gracieux, le bolide cahotant et rugissant pour enfin prendre la tangente et disparaître au loin... Plus tard, quelques problèmes de carburation avaient fait perdre beaucoup de temps à l'équipage du Pajéro N° 300 qui avait néanmoins pu continuer grâce à l'aide d'un autre concurrent, le numéro 246, dont l'originale co-pilote était une sexagénaire japonaise ! Celle-ci, d'ailleurs, semblait s'amuser follement de toutes les situations qu'elle vivait dans ce rallye, racontant toutes les histoires qui survenaient dont certaines parfois émouvantes. Un autre bon samaritain, le motard N° 32, aidait, lui, ses semblables qui avaient des ennuis avec leur moto. Il est vrai que, dans le rallye, l'entraide était de règle et que beaucoup des concurrents malchanceux devaient à ce comportement de pouvoir rejoindre tant bien que mal le bivouac ; même si pour certains c'était dans la nuit ou même au petit matin ! Les plus malheureux, eux, passaient par le "camion-balai"...

Sans l'aide de plusieurs autres concurrents, Mona et Thierry, aussi, auraient terminé certainement le Rallye dans le "camion-balai" !

C'est en s'engageant de nouveau dans une petite rivière pour la traverser que Thierry, alors au volant, avait mal évalué la profondeur d'eau et l'abondance de la vase et que son véhicule, brutalement freiné et dévié de sa trajectoire, avait été projeté au milieu du gué ; ses quatre roues, enlisées dans le bourbier, complètement bloquées !

Deux motards, coup sur coup, étaient venus rejoindre dans la même situation Mona et Thierry, s'enfonçant, eux, jusqu'aux réservoirs de leurs engins. Une autre voiture, tentant un passage en force à grande vitesse avait soulevé une énorme gerbe d'eau boueuse avant d'être bloquée comme les autres !

En présence de cette situation, au milieu des cris et grognements de colère et de déception, la solidarité des concurrents qui arrivaient derrière avait été immédiate et amicale. Deux camions qui avaient réussi à traverser le gué s'étaient arrêtés sur la berge opposée et leurs conducteurs avaient accroché de longues sangles pour tirer un par un les véhicules en fâcheuse posture et les dégager de leur piège.

Mona et Thierry, pas moins éprouvés, avaient enfin pu reprendre leur route "en convoi" avec leurs compagnons d'infortune !

Guère plus loin, une nouvelle difficulté devait ralentir le convoi. Un passage défoncé par de lourds camions comportait de larges et profondes ornières créant un énorme bourbier infranchissable. Tous les présents, pleins de bonne volonté, réunissant leurs efforts, avaient alors cassé des branches d'arbres pour les disposer en une sorte de plancher qui avait permis à tous d'avancer doucement, conseillés un peu bruyamment et confusément par les uns et les autres !...

Tous ces efforts intenses, ces moments d'angoisse, de lassitude ou de déception communautaires avaient créé entre les participants des liens d'amitié intenses qui permirent, par la suite, en comptant les uns sur les autres, le franchissement de beaucoup d'obstacles. Ce qui était fort appréciable car, cela va sans dire, le bout des peines et des surprises était loin d'être atteint !

Quant à Mona et Thierry, ils allaient toujours de l'avant et, à force, côte à côte dans les épreuves, une apparence d'ambiance normale, comme "avant", s'était réinstallée. Ils communiquaient à nouveau, luttaient ensemble... et leur Destin était en marche...

***

Vendredi 12 janvier

Encore une fois, la chaleur accablante était au départ de l'étape du jour. Celle-ci partait de Kayes et aboutissait à Labé. C'était la traversée de "l'Enfer vert", en Guinée, quelques 520 kilomètres de pistes tracées en bonne partie dans la forêt humide. C'est ainsi que Thierry, après tant d'autres, devant faire franchir un gué à sa voiture, avait sous-estimé la profondeur de l'eau ! Dans un panache de fumée blanche, fendant l'onde comme un hors-bord, le Pajéro, évitant de justesse la noyade de son moteur, avait atteint la berge dans son élan ! Tout au long du parcours, quand Thierry tenait le volant dans des passages difficiles, Mona l'encourageait comme un supporter à un match ! Quant à lui, il hurlait de joie à chaque fois qu'il triomphait d'un obstacle quelque peu important. Dans le vacarme assourdissant qui régnait dans la cabine, il criait à Mona :

- Je te promets de t'amener, au "Lac Rose" !

Elle aussi se prenait à croire vraiment qu'ils y arriveraient, qu'elle verrait ce "Lac Rose" tant renommé, ce terminus flamboyant de leur épopée ! Elle fermait alors ses deux poings comme pour maîtriser sa joie et, oubliant sa fatigue, s'exclamait en riant :

- J'ai confiance en vous, Thierry, je sais que nous allons réussir !

Un événement qui aurait pu être tragique allait cependant ternir le bel optimisme de Mona - avant la fin de cette étape. À l'entrée du village guinéen de Tarambali, une fillette qui traversait la piste avait été bousculée par un motard qui fonçait à vive allure. Ce dernier, apercevant l'enfant et voulant l'éviter, avait fait in-extrémis un écart qui avait entraîné son dérapage puis sa chute spectaculaire sur le sol de terre battue ! La fillette avait été néanmoins accrochée au passage et contusionnée par bonheur sans gravité. Quant au motard, il s'était relevé d'un bond, accourant en titubant et ne s'inquiétant que de l'enfant.

- Est-elle blessée ? criait-il.

- Non, non, avait répondu un groupe de curieux qui regardait passer la course.

Plusieurs personnes s'étaient pressées autour de l'accidenté, le rassurant, parlant toutes en même temps et constatant que le coureur comme la fillette n'avaient sans doute rien de sérieux...

Après les premiers instants d'émotion et le remue-ménage calmé, le motard s'était tout de même rendu compte, en éprouvant une douleur de plus en plus intense, qu'il s'était bel et bien cassé un bras ! Le Rallye, pour lui, était terminé. C'était une énorme déception mais, avait-il pensé, la vie d'un enfant valait bien un bras cassé et une course ! La satisfaction de cette vie sauvée l'emportait sur la souffrance physique et sur les regrets ; dans sa tête il se sentait bien !

Comment un tel accident avait-il pu se produire à l'approche d'un village ? Toutes les mesures de sécurité étaient pourtant prises, aux abords des agglomérations, par le service d'ordre. Les gendarmes déployés tout au long du parcours. Le jour du passage de la course les écoles sont fermées. Les radios locales informent les populations... Hélas, malgré tout cela, toutes ces précautions, le risque demeure. Comment parvenir à maîtriser totalement semblable situation ? Le risque zéro n'existe pas !

Mona et Thierry, informés de l'accident, étaient arrivés dans la nuit à Labé. Épuisée par la course du jour et chagrinée par ce qui était arrivé à Tarambali, Mona s'était endormie sans prendre son repas du soir.

Le lendemain, pourtant, la jeune femme, avec son coéquipier, repartirait...

Il restait encore une grande étape de 583 kilomètres, de Labé à Tambacounda, puis ce serait "l'ultime spéciale" de vingt kilomètres le long du "Lac Rose", près de Dakar...

Samedi 13 janvier

Ce matin-là, Mona s'était levée la première. Elle paraissait détendue, ayant surmonté son chagrin de la veille causé par l'accident de la fillette. Mona avait en elle cette fermeté qui lui permettait d'aller toujours de l'avant sans jamais rien laisser paraître et pourtant sans oublier pour autant...

Thierry, lui, qui avait conduit durant toute l'étape et malgré une bonne nuit, se montrait un peu las.

- Allons, dit Mona, plus qu'une étape ! Comment vous sentez-vous ?

- Ça va, sourit-il en regardant gentiment la jeune femme.

C'était le premier regard de cette sorte depuis le départ de Kiffa. Mona lui avait rendu le même...

- Aujourd'hui, je fais la première partie de la course, d'accord ? avait dit celle-ci avec entrain.

- D'accord.

Thierry n'était pas mécontent de se faire conduire un peu...

Au milieu d'une population dense et bruyante, venue comme à la fête et en présence de militaires tout aussi joyeux, le départ avait été donné. L'armada de véhicules, motos, voitures et camions, s'était élancée. Beaucoup de ceux qui étaient partis, à des milliers de kilomètres de là, étaient absents. C'était le tribut payé à l'aventure et à la gloire !

Sur les pistes défoncées, le Pajéro-Mitsubichi, aux mains de Mona, roulait à vive allure, faisant des écarts et des bonds dangereux.

- Ralentis, Mona, s'était exclamé Thierry lors d'une embardée encore plus violente que les autres qui lui avait fait heurter de son casque le plafond de la cabine, il ne faudrait pas casser maintenant la voiture ! L'arrivée est encore loin !

Mais Mona ne semblait pas entendre les paroles de prudence de son partenaire. Elle filait au maximum, à la limite de la catastrophe, comme si une force puissante l'obligeait à écraser l'accélérateur sous son pied rageur ! Elle manqua de peu, ainsi, d'accrocher le parapet en béton d'un pont qui enjambait une rivière. Thierry n'osait plus faire d'autres remarques, regardant Mona manier son volant et son levier de vitesses avec une angoisse grandissante. Bien sûr, il comprenait, il savait quelle pouvait être l'impatience de la jeune femme à atteindre le Lac Rose mais cette détermination farouche à foncer coûte que coûte lui faisait froid dans le dos...

Et ce qui menaçait de se produire arriva.

Soudain, après un nouveau décollage des quatre roues et leur nouvel atterrissage violent, il y avait eu un grand bruit à l'avant. Le véhicule s'était immobilisé après avoir fait un impressionnant tête à queue !

Secoués et surpris, les deux équipiers s'étaient regardés un instant.

- Que s'est-il passé, avait demandé Mona.

- On dirait une rupture du pont avant.

Thierry avait débouclé sa ceinture de sécurité tout en répondant et en sautant au sol, se précipitant vers l'avant du véhicule pour regarder dessous. La jeune femme avait fait de même et tous les deux constataient de suite, en même temps, la présence d'une tache d'huile qui allait s'agrandissant. L'accident était sérieux et la panne qu'il entraînait était grave... On ne pouvait rien faire d'autre que téléphoner d'urgence au camion d'assistance pour qu'il accourt réparer les dégâts... et permettre peut-être de continuer la course.

Mona s'était relevée en s'époussetant les jambes et le torse puis avait tapé son poing droit dans la paume de sa main gauche.

- C'est ma faute ! s'était-elle écriée, j'allais trop vite et je n'ai pas pu éviter le rocher qui dépassait du sol !

Thierry, qui n'en pensait pas moins et qui s'inquiétait pour de bon, avait voulu être rassurant...

- Mais non, ne te culpabilise pas, Mona, cela me serait arrivé aussi si j'avais été au volant... Ça fait partie du jeu et ça nous pend au nez à tous ! Il est quatorze heures, nous allons manger en attendant l'arrivée du camion. Assieds-toi là, sur cette pierre, pendant que je vais téléphoner de la voiture.

La jeune femme s'était donc installée tant bien que mal sur le gros caillou pensant que, après tout, en effet, la situation pouvait s'arranger pourvu que le camion ne tarde pas trop et que la réparation soit finie assez vite... Depuis le matin, quatre cents kilomètres environ avaient été parcourus ; plus de deux cents kilomètres restaient à faire... Avec un peu de chance, Thierry et elle pourraient arriver au bivouac de Tambacounda vers minuit ou une heure...

- Voilà, j'ai téléphoné, ils vont arriver...

Thierry revenait un peu réconforté par sa communication, tenant à bout de bras son sac de victuailles.

- On va casser la croûte, s'était-il exclamé en s'efforçant à un ton jovial, ça sera toujours ça de pris !

C'est alors que Mona avait soudain poussé un petit cri à la fois de surprise et de douleur.

- Qu'est-ce qu'il y a ? s'était inquiété Thierry.

- Je ne sais pas. C'est à ma main droite...

En disant cela, la jeune femme regardait sa main.

- Je ne sais pas, répétait-elle, je l'avais posée sur la pierre en vous attendant et je viens de sentir comme une piqûre, ou une morsure... Ça fait mal...

Thierry, qui s'était approché, avait pris la main de Mona dans les siennes et en examinait la paume.

- C'est vrai, je vois un point rouge, peut-être deux, ce n'est pas net, sur le bord, là regarde...

En effet, sur le côté de la paume, il y avait deux points rouges, l'un bien évident et l'autre à peine visible, côte à côte et séparés de deux ou trois centimètres. Une enflure de la main commençait à se manifester et une sérosité rouge suintait déjà des petits trous...

- Qu'est-ce que j'ai ? J'ai vraiment très mal.

Mona s'était dressée, inquiète, grimaçant un peu sous l'effet d'une douleur violente.

- Je ne sais pas. C'est sûrement une bestiole qui se chauffait sur la pierre et tu as posé la main dessus sans la voir.

- Mais quoi ?

- Comment savoir ? Dans ce pays, il y a des scorpions, des serpents, des araignées...

- Venimeux ?

- Oui, certains, mais rarement très dangereux. De toute façon, on a ce qu'il faut dans la trousse de secours, je vais te soigner mais d'abord j'appelle le médecin de la course, il me dira ce qu'il faut faire...

Thierry était retourné à la voiture et avait pu joindre le médecin. Celui-ci lui avait indiqué des médicaments à prendre qui étaient dans toutes les trousses des concurrents. Il pensait que, si les deux piqûres étaient petites et distantes seulement de deux à trois centimètres l'une de l'autre, ce n'était sans doute pas une morsure des crochets à venin d'un serpent. D'où qu'il vienne, le venin n'avait pu être injecté en quantité importante par des trous minuscules. Les produits allaient calmer la douleur et il fallait voir comment évoluerait la blessure dans l'heure qui venait. Le cas échéant l'hélicoptère serait vite là. Thierry avait donc installé Mona sur un siège, poussant le dossier en position couchette, puis il avait nettoyé la main, insistant sur les points rouges, avec une solution antiseptique puissante. Il avait passé une pommade antibiotique et anti-inflammatoire et enfin placé un pansement avec une compresse stérile et une bande de gaze extensible. Mona avait avalé deux gélules d'un très actif antalgique. Toutes ces mesures avaient un peu tranquillisé la blessée, d'autant plus qu'en quelques minutes la douleur s'était apaisée...

Et l'attente avait commencé. De temps en temps, des concurrents arrivaient à la hauteur du Pajéro accidenté et demandaient aux passagers si on pouvait les aider. Devant l'importance des dégâts, les bonnes volontés étaient impuissantes et tous reprenaient leur course en souhaitant bonne chance...

L'état de Mona était stationnaire. La douleur à sa main toujours présente mais supportable. D'une manière générale, la jeune femme n'éprouvait pas grand-chose. Elle avait un peu froid et cela l'étonnait du fait que la température ambiante était loin d'être fraîche... Elle avait fini par demander une couverture à Thierry, ce qui avait bien inquiété celui-ci... Sous le pansement, Mona sentait sa main comme mouillée mais, pour l'instant, rien ne traversait le bandage et elle pensait que c'était une illusion...

Enfin, au bout de deux bonnes heures, le camion était arrivé. C'était celui de l'assistance Mitsubichi mené par Christian, l'homme à qui Thierry avait acheté le Pajéro. Celui-ci, en quelques instants, avait identifié les dégâts. Le verdict était sans appel : boîte de vitesses et ponts cassés !

- Vous pouvez réparer ? s'était inquiété Thierry.

- Oui, nous avons les pièces dans le camion, mais il faudra du temps...

- Combien ?

- S'il n'y a pas d'autres problèmes, environ trois ou quatre heures...

Un rapide calcul mental avait démontré à Thierry que, puisqu'il était seize heures, l'arrivée à Tambacounda ne se ferait pas dans les délais et certainement pas avant minuit. D'autre part, tout cela était trop long pour Mona ! Depuis quelques instants avant la venue du camion, la douleur était de retour dans la main et semblait même grimper au-dessus du poignet. La jeune femme commençait à grelotter et une tâche rosâtre apparaissait à présent sur le bandage...

Thierry, qui avait espéré qu'il n'y aurait pas d'aggravation et qu'il pourrait assez vite conduire Mona à l'infirmerie du bivouac, réalisait à présent qu'il ne fallait plus tergiverser. La tournure des événements n'était pas favorable du tout, aussi, téléphona-t-il de suite, une nouvelle fois, au praticien de la course. Celui-ci, après avoir écouté la description de l'évolution des symptômes du mal de Mona, déclara qu'il arrivait au plus tôt. La jeune femme avait certainement été victime d'un vipéridé ou d'un scorpionidé pas tout à fait inoffensif.

C'est dans l'angoisse que Thierry, aux côtés de Mona qui s'efforçait de faire bonne mine, avait attendu l'hélicoptère, tandis que les mécaniciens s'affairaient sur le Pajéro accidenté.

Au bout d'une heure, le vrombissement caractéristique d'un moteur d'hélicoptère avait retenti, s'amplifiant rapidement. L'engin s'était posé tout près et le médecin en avait jailli, se courbant sous les pales de l'hélice qui tournait encore. Après un bref examen sur la main débandée, effectivement toute mouillée de sérosité rouge et qui présentait un état échymotique dans la région circonvoisine aux petites plaies, le docteur s'empressa d'injecter par voie intraveineuse une dose de 20cc de sérum antivenimeux de l'Institut Pasteur.

- Il n'aurait pas fallu attendre tant, déplora-t-il, puis, s'adressant à Mona, il ajouta : allez, je vous emmène faire une ballade en hélico avec moi, c'est plus prudent...

Mais Mona avait refusé d'emblée, se redressant vivement sur son siège.

- Non, ce n'est pas possible, je ne vais pas si mal que ça ! Je veux continuer la course et arriver au Lac Rose !

Mademoiselle, avait plaidé le médecin, c'est sérieux ce qui vous est arrivé, vous avez peut-être du venin de serpent dans le sang...

- Mais vous venez de m'injecter du sérum antivenimeux, non ? Que me faut-il de plus ?

- Vous observer et vous mettre en un lieu où tous les meilleurs soins sont à disposition ! Ce qui n'est pas le cas ici !

- Dans quelques heures, nous arriverons à Tambacounda, il y a bien une infirmerie, là-bas ?

- Il y en a une mais, comme vous dites, vous n'y serez que dans quelques heures...

- Je pense que ça me suffira, docteur. Je me sens encore assez forte pour aller jusqu'au bout... C'est une promesse que j'ai faite à quelqu'un qui n'est plus là... et à moi-même... N'insistez pas.

Le ton de Mona était péremptoire. Sa voix vibrait d'émotion et le praticien comprenait que cette jeune femme avait une motivation qui la transcendait. Il en prit son parti et décida :

- Bon, je vais rester ici, avec vous, jusqu'à ce que vous puissiez repartir. Si vous êtes toujours aussi vaillante, je vous laisse aller dans votre bolide que votre équipier conduira, bien sûr !

- Je tiendrai, j'en suis sûre...

- Espérons. En tout cas, à la moindre alerte, je vous embarque dans le grand oiseau et on s'en va, d'accord ?

- D'accord.

- Nous vous suivrons d'ailleurs avec l'hélicoptère et on vous éclairera la piste ; vous irez plus vite et ce sera plus sûr.

Thierry avait assisté sans mot dire, un peu en retrait, à toute cette scène de soins à Mona et du dialogue entre elle et le docteur. Il comprenait l'attitude de Mona mais n'y adhérait pas volontiers. Pour lui, la course comptait beaucoup moins que la vie de la jeune femme. Il sentait que ce comportement avait quelque chose de suicidaire mais il savait aussi qu'il était inébranlable... Il en connaissait trop bien les raisons. L'épisode du médaillon, enfoui dans la terre sur les lieux de l'accident de Romain, en disait assez long...

Pendant ce temps, la réparation du Pajéro continuait. Les mécaniciens s'activaient avec célérité et compétence. La nuit était tombée et des projecteurs illuminaient le véhicule.

On avait installé Mona dans l'hélicoptère arrêté, sur une civière. Thierry veillait à côté avec le médecin qui, régulièrement, prenait le pouls et la tension de sa patiente. Pour l'instant, il n'y avait pas d'aggravation apparente. La volonté de la jeune femme avait certainement un effet mystique sur son état. C'est cette volonté qui lui donnait cette force qui s'opposait à son mal autant que le sérum antivenimeux...

Mais qu'adviendrait-il à l'arrivée, quand la promesse serait réalisée et la motivation évanouie ?

Thierry et le docteur, sans se concerter, avaient eu la même pensée. Le sérum avait été injecté tardivement. Quelle sorte de bestiole avait donc piqué, ou mordu, la jeune femme ? Celle-ci, en plus, était tout de même fatiguée par tous ces jours de course...

La voix de Christian, le spécialiste Mitsubichi, avait soudain résonné à la porte de l'hélicoptère.

- Ça y est ! Vous avez une boîte et un pont tout neufs, vous pouvez partir... Comment va la dame ? Elle s'envole ou elle roule ?

Oui, là était toute la question ; s'envoler ou rouler... mais Mona avait déjà répondu.

À contrecœur, après une ultime vérification des pulsations cardiaques et de la tension artérielle, le médecin avait laissé la jeune femme s'embarquer dans la voiture, bien calée et sanglée sur son siège...

- Rappelez-vous, avait crié le praticien en grimpant dans l'hélicoptère, on est au-dessus de vous, comme un ange gardien !

Les moteurs des deux engins avaient démarré en même temps et ensemble aussi s'étaient allumés les projecteurs et les phares. La piste était ainsi éclairée "à giorno" et le Pajéro, emmené par un Thierry pressé mais prudent, s'était mis à foncer dans les faisceaux lumineux qui lui ouvraient sa route...

Thierry se concentrait sur sa conduite mais ne pouvait s'empêcher de jeter des coups d'œil fréquents à sa voisine. Celle-ci, qui gardait les yeux ouverts, lui dédiait alors un mince sourire qui se voulait rassurant.

Le parcours n'était pas de tout repos. Les inégalités du sol secouaient le véhicule et cela était une raison de plus pour inquiéter Thierry...

- C'est de la folie, Mona, avait fini par s'exclamer celui-ci, tu es inconsciente et moi aussi... Je me sens responsable de te laisser prendre tous ces risques !

- Mais non, Thierry, avait répondu la jeune femme, vous savez très bien que rien ne peut m'empêcher d'atteindre mon but...

Rien... ? C'est justement ce que se demandait Thierry.

- Allez, foncez, foncez ! Il faut finir cette course ! C'est la promesse que j'ai faite à Romain quand j'ai enterré le médaillon près de Kiffa... Arriver au Lac Rose, ce qu'il n'a pas pu faire, j'y parviendrai pour lui...

On avait dû crier ces mots pour se faire entendre dans le fracas des moteurs de l'hélicoptère proche et du Pajéro. Elle s'était tue, à bout de souffle. Son visage était blême sous son casque et des frissons parcouraient son corps. Néanmoins, sa résolution restait intacte et "Mona la rebelle", comme elle s'appelait elle-même, se rebiffait encore contre un nouveau coup du sort...

Une pensée terrible hantait l'esprit de Thierry. Quelle était vraiment la gravité de l'état de sa compagne ? Et si, par malheur... ? Si cela tournait vraiment mal... ?

Les kilomètres s'additionnaient mais le temps s'écoulait inexorablement. La distance à parcourir pour arriver à Tambacounda diminuait quand le nombre d'heures depuis l'accident de Mona augmentait. Le mal dans le sang de Mona en profitait-il pour progresser? Pour étendre sa dangereuse emprise? Ou bien le sérum antivenimeux, tardivement administré, allait-il mener à bien son combat? Il n'était guère possible de répondre à ces questions dans l'ambiance du véhicule et de sa conduite. Comment voir où en était l'état de la malade? Comment le savoir puisque celle-ci, acharnée à continuer la course, ne dirait pas la vérité?

La voix du médecin, provenant de l'hélicoptère, avait tout à coup demandé des nouvelles de la jeune femme.

- Est-ce qu'elle est bien consciente? Souffre-t-elle? Se plaint-elle? avait-il ajouté, visiblement anxieux lui aussi.

- Son état paraît stationnaire. Nous avons un peu parlé, elle ne délire pas et ne se plaint pas...

Mona, en entendant ces paroles de Thierry, avait posé sa main gauche sur le bras de celui-ci qui, à travers le tissu de sa combinaison, avait senti un contact brûlant.... Ce geste, fait pour encourager, se révélait au contraire alarmant...

- Elle a sûrement une forte fièvre...

La remarque était venue spontanément aux lèvres de Thierry, contrariant tout à coup ses propos rassurants...

- Heureusement, nous approchons du bivouac, avait conclu le docteur.

En effet, quelques instants plus tard, aux environs de minuit, Thierry faisait enfin son entrée dans le campement. Celui-ci était désert, tous les concurrents réfugiés dans leurs tentes et certainement en train de récupérer des fatigues du jour. L'hélicoptère, qui s'approchait pour atterrir près de la voiture, avait fait tourbillonner le sable, comme lors d'une tempête, dans la lumière des projecteurs et des phares.

Le praticien, sa sacoche à la main, s'était précipité vers le Pajéro à présent immobile.

- Alors? avait-il demandé à Thierry venu à sa rencontre.

- Elle a fermé ses yeux depuis une demi-heure... Elle ne respire pas très bien...

- Je vais voir ça tout de suite...

Une fois encore, l'examen médical avait été minutieux, effectué dans la voiture même que Mona ne voulait pas quitter, s'accrochant de sa main valide à son siège déclarant qu'elle ne sortirait qu'avec la promesse formelle qu'elle n'irait à l'hôpital qu'après être parvenue au Lac Rose... Le pouls était un peu faible mais régulier. La tension plutôt basse mais pas alarmante. Seule la fièvre était un mauvais signe évident. D'autre part, se voyant remise en cause pour la continuation de la course, Mona affichait un renouveau d'entrain...

Le médecin était indécis. Il se voyait mal usant de la force avec cette concurrente que visiblement rien d'autre ne déciderait à être raisonnable et qui, surtout, ne paraissait pas si mal en point...

C'est alors que Thierry avait eu une idée qu'il estimait sans doute un peu folle mais qui, après tout, était bien dans l'esprit de beaucoup de choses qui se passaient dans cette course...

- Voilà, docteur, Mona semble bien encore tenir le coup, n'est-ce-pas ?

- À peu près, oui, mais il serait préférable de...

- Je sais, avait coupé Thierry, mais puisque son état est encore passable, elle ne démordra pas, vous voyez bien...

- Je vois et ce n'est pas normal. Vous avez quelque chose à proposer ?

- Tout à fait.

Après un court instant de silence des deux hommes, Thierry s'était expliqué. On était à environ cinq heures du fameux Lac Rose que Mona tenait tant à voir. Si, au lieu de faire étape ici, l'on repartait de suite, on y arriverait au petit matin et Mona réaliserait son rêve... Son hospitalisation se ferait alors tout de suite... Bien sûr il ne serait plus question de classement du fait de cette entorse au règlement... Mais ce n'était plus cela qui comptait maintenant ! De cette façon, il n'y aurait pas tellement plus de temps pour commencer des soins intensifs à l'hôpital principal de Dakar que si on y allait immédiatement !

Si le médecin avait acquiescé avec une relative facilité, il avait fallu que Thierry use de beaucoup de diplomatie pour que Mona accepte ce compromis...

Peut-être la jeune femme réalisait-elle enfin ses limites et comprenait qu'il valait mieux voir le Lac Rose dans ces conditions que pas du tout ? Sa promesse d'arriver jusqu'au bout dans sa voiture serait tout de même tenue !

La petite caravane composée du Pajéro et de l'hélicoptère était donc repartie presque sur-le-champ, le médecin prenant juste le temps de prodiguer quelques soins à sa patiente tandis que Thierry absorbait un grand café bien fort.

Hélas, les événements allaient se précipiter et pas du tout dans un bon sens. Au bout d'un peu plus de trois heures de route, Mona, qui semblait dormir, s'était mise à parler d'une drôle de voix. Ses propos étaient assez cohérents sauf qu'elle semblait se tromper de jour...

- Comment se fait-il que nous arrivons à Dakar avec la nuit tombante ? avait-elle demandé tout à coup.

Thierry n'avait pas immédiatement réalisé ce qui se passait.

- Nous ne sommes pas à la nuit tombante, Mona, mais presque au petit matin, et nous filons d'abord sur le Lac Rose...

- Mais on a pris le départ de la course ce matin à Tambacounda, voyons !

La jeune femme semblait s'étonner des réponses de son compagnon.

- Je sais que j'ai dormi, poursuivit-elle sur son drôle de ton, mais pas au point de perdre la notion du temps !

- Mona, tu n'es pas bien, s'était alors inquiété Thierry...

- Pourquoi ? Au contraire, j'ai eu un bon sommeil et je me sens mieux. Je crois seulement que nous avons pris du retard et je ne voudrais pas arriver hors des temps et rater la dernière spéciale, dimanche, du Lac Rose...

Il devenait évident que la jeune femme n'avait plus toutes ses facultés...

- Voyons, Mona, avait encore essayé d'expliquer Thierry, tu te souviens que tu as été mordue, ou piquée, par une bête venimeuse et que tu es malade ?

- Oui, cela je le sais, mais j'ai continué la course !

- C'est vrai, mais, rappelle-toi, pas tout à fait normalement... Nous étions à Tambacounda vers minuit et on a décidé d'en partir de suite pour le Lac Rose...

La jeune femme s'était tue un instant, paraissant réfléchir intensément.

- Alors, nous allons arriver au but ?

Elle avait crié ces mots avec un accent déchirant, ôtant brusquement son casque pour s'essuyer ses yeux pleins de larmes. Thierry avait alors eu devant lui un visage effrayant par sa pâleur et les cernes foncés soulignant l'expression égarée du regard. Les cheveux étaient collés par une abondante sueur qui ruisselait se mêlant aux pleurs...

- Oui, mon Romain, le Lac Rose, le Lac Retba, celui des cartes postales, je vais bientôt y être ! Le lac pour lequel tu as perdu ta vie, j'y serai pour toi ! Il est plein de sel, paraît-il, comme les larmes de ma douleur qui coulent pour toi ! Je vais la gagner pour nous deux, cette course, tu m'entends, dis, mon chéri !

Le délire de Mona était à présent total. Elle se tordait les mains, ignorant sa blessure et, sans les sangles qui maintenaient son corps au siège, elle aurait certainement causé un accident. Thierry, effrayé, avait eu, durant tout le temps de cette agitation fébrile, le plus grand mal à assurer la conduite de son véhicule. Puis la malade s'était calmée, continuant néanmoins son discours d'hallucinée.

L'espace d'un instant, Thierry avait pensé s'arrêter, appeler l'hélicoptère, abandonner cette course folle... Il avait finalement opté pour le jusqu'au boutisme. C'est ce que voulait Mona, il le savait et n'allait pas la trahir maintenant... Quoi qu'il arrive ! D'ailleurs, on allait arriver. Des lueurs dans le ciel annonçaient le lever du jour. Le Lac Rose allait apparaître...

... Et ce fut l'apparition tant attendue ! Il était là, ce grand Lac Rose, étalant sa surface de cinq kilomètres carrés sous les rayons d'un soleil naissant ! Sa couleur était bien celle du nom qu'il portait. Le spectacle était étonnant et grandiose mais c'était surtout ce que le lac représentait pour tous les concurrents du rallye qui était fantastique ! L'arrivée, l'aboutissement de tant d'efforts, de risques et de souffrances ! La réussite, la récompense de la volonté, du savoir-faire et de l'endurance ! La gloire pour les vainqueurs et la satisfaction d'avoir tenu pour les autres !

Tout cela, Thierry l'éprouvait en débouchant sur la piste qui longe le lac. Le site était désert, contrastant avec l'énorme agitation qui serait la sienne dans quelques dizaines d'heures.

Pour ces deux concurrents-là, tout était différent. Si le Pajéro touchait au but, c'était seul, suivi seulement dans le ciel par l'hélicoptère médical, sans tous les motards, les camions et les autres voitures de la course...

Cette arrivée était une arrivée extraordinaire, personnelle, celle d'une jeune femme à la volonté farouche qui réalisait son rêve en même temps que fuyait sa vie...

- Regarde, Mona, avait crié tout à coup Thierry en ralentissant son véhicule, regarde, nous y sommes !

La jeune femme s'était redressée sur son siège et fixait le paysage, sans dire un mot. La voiture roulait à présent au pas. L'hélicoptère était allé se poser au bout de l'étendue qui borde les rives du lac, laissant toute la voie libre aux seuls arrivants.

La vision de ce 4x4 solitaire, avançant lentement le long du Lac Rose avait quelque chose de sublime, surtout si l'on savait ce qui se passait à l'intérieur.

- Oui, Mona, c'est lui, c'est le Lac Rose, nous avons réussi, tu as gagné !

La pauvre malade était encore restée silencieuse quelques instants puis elle avait tourné son visage vers son compagnon. Les stigmates de sa maladie, du venin qu'elle avait en elle et qui poursuivait son action maléfique, la rendaient méconnaissable. Elle souriait pourtant et, la voix hachée par une respiration difficile, s'était mise à parler comme un être qui vit un enchantement.

- C'est vrai. Le Lac Rose est là. J'ai enfin gagné... j'ai terminé le Rallye, moi, la pauvre foraine ! Je suis sûre que Romain me voit et qu'il est heureux... Merci, Thierry, merci de m'avoir permis tout cela... Comme c'est merveilleux !

En disant ces derniers mots, Mona regardait à présent droit devant elle, désignant au loin de son bras tendu, un rassemblement qui venait de lui apparaître...

- Je vois la ligne d'arrivée, là-bas ! Il y a un monde fou ! Toutes ces voitures, ces camions et ces motos qui klaxonnent, vous entendez ? Leurs phares sont allumés... Comme c'est beau ! Ils sont là pour moi, je le sais ! C'est ma haie d'honneur, ils m'attendent, ils crient mon nom !

La jeune femme paraissait littéralement en extase et déversait un flot de paroles ininterrompu...

Thierry, machinalement, avait suivi des yeux la direction indiquée par Mona. Les affirmations de celle-ci étaient si véhémentes qu'il avait instinctivement cherché à voir ce qu'elle décrivait... Mais il n'y avait rien sur les bords du Lac Rose silencieux et indifférent... Tous les concurrents et la caravane du rallye étaient encore à Tambacounda...

Désorienté, Thierry avait stoppé la voiture. Il était envahi par une émotion intense faite de chagrin et de révolte. Pourquoi tout cela arrivait-il ? Mona délirait, Mona perdait la raison ! Cette jeune femme courageuse et vaillante, cette équipière décidée, cette compagne de tous les jours depuis quelques semaines et surtout cette jeunesse vibrante qu'il avait aimée une nuit, en était donc là alors qu'elle touchait au but de sa vie ?

Les divagations de la malade continuaient sous les yeux pleins de larmes de son compagnon. Celui-ci n'osait pas l'interrompre tant elle semblait heureuse... En effet, Mona, dont l'état physique devenait de plus en plus critique, admirait et entendait ce que nul autre qu'elle ne pouvait ni entendre ni contempler ! C'était là le dernier cadeau que la vie faisait à la mourante avant de la quitter... Le mirage, dans l'esprit de cette dernière, développait sa fête, celle qu'elle avait imaginée et espérée durant tant d'étapes et dont elle était, en ce jour, l'héroïne fêtée...

L'exaltation provoquée par une ultime et foudroyante montée de fièvre n'avait pas été très longue... Trop courte pour que Thierry, subjugué, dépassé par cette situation soudaine, puisse réagir raisonnablement.

Mona venait de s'affaisser sur son siège et s'était tue. Ses yeux étaient mi-clos et son visage impassible. Seuls les mouvements saccadés de sa poitrine attestaient encore une vie précaire. Thierry s'était penché vers elle, son visage tout près du sien qu'il mouillait de ses larmes. Pendant de longues minutes, tenant dans ses mains celles de la jeune femme et l'embrassant parfois tendrement, l'homme s'était en quelque sorte confessé... Il avait expliqué tous ses espoirs, ses sentiments divers de compassion, de tendresse, d'amitié puis son désir sexuel irrésistible dans cette nuit de Zouérate... Il s'était excusé de ses exigences de mâle, de sa brutalité d'animal, de n'avoir pas su résister à un appel qui n'avait pas sa place dans cette sorte de pèlerinage à l'amour d'un autre qu'avait voulu Mona... Il avait demandé pardon.

C'est alors que Mona avait un peu recouvré sa lucidité. Elle avait ouvert ses yeux où était apparue une brève lueur de bonheur. À son tour, elle avait ouvert son cœur, racontant combien elle avait estimé, admiré cet homme désintéressé qui l'avait emmenée dans une aventure aussi extraordinaire et impossible pour elle...

- Et puis, tu sais, avait-elle ajouté, retrouvant le tutoiement d'une nuit, il ne faut pas me demander pardon ; je suis aussi coupable que toi... Je t'attendais malgré moi, malgré mon souvenir... J'avais besoin d'être encore aimée dans mon corps... Tu m'as rendue très heureuse...

Sur ces mots, la pauvre jeune femme avait fermé ses yeux et s'était comme endormie...

Alors qu'après ces instants émouvants, Thierry se penchait angoissé sur sa compagne, le vacarme de l'hélicoptère médical avait éclaté tout près. L'engin s'était posé et le médecin de la course, inquiet et pressentant un malheur, s'était décidé à accourir. Une écoute du cœur au stéthoscope, une prise de tension et un examen des yeux avaient fait déclarer au praticien que Mona était pratiquement dans le coma. Il fallait donc la transporter immédiatement à l'hôpital principal de Dakar.

- Sauvez-là, docteur, sauvez-la, s'était écrié Thierry en aidant à transporter la malade jusqu'à l'hélicoptère.

L'appareil avait tout de suite foncé dans le ciel en direction de l'hôpital.

Thierry, le dos voûté et les yeux pleins de larmes, était lentement retourné vers la voiture stationnée au bord du lac. Il s'était assis au volant et avait machinalement tourné la tête vers le siège de Mona... vide à présent. Sa fidèle compagne de tant de journées d'épreuves et d'espoir n'était plus là...

Abasourdi, épuisé par tous ses efforts et le manque de sommeil durant près de vingt heures de conduite et mille kilomètres parcourus, Thierry s'était affalé contre le volant, son visage sur ses bras, laissant éclater sa peine et son désarroi en longs sanglots...

Mona allait-elle mourir ? Il ne pouvait pas le croire, c'était impossible ! Pourquoi avait-il donc fallu qu'une ignoble bestiole se trouve juste sous la main posée un court instant sur la pierre et la morde ou la pique en une fraction de seconde ? Non, cette mort serait trop injuste, tant de choses auraient pu se faire après le rallye. Toute une existence encore sans Mona, ce n'était pas possible ! Comment accepter que seuls des souvenirs restent de cet épisode, de cet entracte aussi extraordinaire que bref ?

Thierry était enfin sorti du véhicule pour respirer un peu d'air frais. Il n'avait pu retenir un cri terrible contenant toute sa douleur et son désespoir, un cri d'animal blessé sorti du fond de lui-même...

- Mona, Mona, par pitié, ne meurs pas, je t'en supplie !

Attirés par ces cris, des hommes qui entassaient du sel sur la plage, étaient accourus, curieux, vers cette silhouette qui, les bras tendus au-dessus d'elle, semblait implorer le ciel... Croyant à un miracle... ?

TROISIÈME PARTIE

UNE NOUVELLE VIE

Le lendemain matin, après une nuit d'angoisse et d'insomnie malgré son épuisement, entrecoupée de cauchemars dans les rares moment de sommeil, Thierry s'était rendu à l'hôpital principal de Dakar. Il y avait rencontré le médecin du rallye venu lui aussi aux nouvelles. Pris entre le désir de savoir et la peur de ce qu'il risquait d'entendre, Thierry s'était avancé d'un pas mal assuré formulant avec peine sa question...

Alors, docteur, comment va mon équipière, Mona ?

- Son état est grave, vous vous en doutez. J'ai vu le médecin qui la soigne, il est très compétent. De plus, ici, ils sont assez habitués aux morsures et piqûres venimeuses... Votre compagne est en réanimation intense. Vous ne pouvez vraiment pas la voir aujourd'hui. Essayez de revenir demain

matin. Vous pouvez être sûr que les meilleures conditions sont réunies pour la sauver et que tout sera fait. C'est une jeune femme très résistante, je pense qu'elle a de bonnes chances de s'en sortir...

Le médecin avait amicalement serré la main de Thierry qui, quelque peu rassuré, avait téléphoné à son patron, le docteur Mattei, afin d'obtenir quelques jours supplémentaires de congé en raison du drame qui était survenu et de l'état critique et encore incertain de sa jeune coéquipière. Le docteur Mattei avait pris part à la peine de son directeur et, lui accordant le délai demandé, avait déclaré :

- Prenez votre temps, mon cher Thierry, l'essentiel est que cette personne en réchappe et se rétablisse au plus vite.

Trois jours durant, les médecins et Mona menèrent leur combat pour la vie. Finalement, ils triomphèrent et l'issue mortelle fut totalement écartée.

Lorsque Thierry était entré dans la chambre de la rescapée, celle-ci était assise dans son lit et prenait son petit-déjeuner.

- Quel bonheur de te voir ainsi, Mona, tu as l'air en pleine forme !

- En pleine forme, peut-être pas, Thierry, mais je vis et si je suis encore assez faible, je sens que cela va aller de mieux en mieux. Le médecin m'a dit ce matin que je vais pouvoir sortir demain.

- Voilà une bonne nouvelle que je redoutais bien de ne pas entendre ! Je suis content de voir mon équipière de retour parmi nous !

L'attitude de la jeune femme n'avait cependant pas été en rapport avec l'euphorie du moment. Elle affichait une lassitude pas seulement physique...

- Je ne sais pas si c'est un effet de mon imagination, avait hasardé Thierry, mais il me semble que quelque chose te préoccupe ?

- Pourquoi cette question, je vous ai dit souvent que j'étais indestructible, Thierry, et je ne vous dirai jamais assez merci pour tout ce que vous avez fait pour moi, c'est tellement extraordinaire...

- Mona, tu n'as pas à me remercier, ce qui compte, maintenant, c'est que tu retrouves toute ta santé et que, au plus vite, je prenne les billets de retour pour Marseille !

Un silence inattendu avait suivi ces mots. Mona n'avait pas répondu et paraissait de plus en plus songeuse. Ce n'est qu'au bout d'un long instant qu'elle s'était mise à parler...

- Thierry, j'ai beaucoup réfléchi depuis que j'ai repris conscience, je ne retournerai pas à Marseille...

Hésitant à poursuivre, Mona s'était mise à regarder fixement son compagnon qui, stupéfait, s'était écrié :

- Mais que dis-tu, Mona, pourquoi une telle décision ?

- Vous souvenez-vous de cette journée passée ensemble à visiter Zouérate ? le dispensaire avec tous ces enfants abandonnés et malades ? le dévouement et la gentillesse des deux infirmières ? Tout cela, m'a beaucoup impressionnée. Ces enfants ont tellement besoin d'aide... C'est là-bas, voyez-vous, que je veux vivre désormais. Mon désir est d'aider, de soulager, - avec tous mes moyens, ces deux infirmières. Je souhaite donner tout mon amour à ces enfants défavorisés qui en ont tant besoin...

Un long silence s'installa entre les deux ex-équipiers. Les grands yeux en amande, couleur noisette, de Mona, pétillants de vivacité, s'étaient soudain assombris.

- Thierry, dit-elle, d'une voix devenue plus grave, je vous ai menti. Aujourd'hui, je n'ai plus le courage de garder ce secret qui me dévore un peu plus chaque jour. Ma tante m'a toujours interdit de parler à quiconque de mes origines, parce qu'elle pensait que la grande majorité des métropolitains ne pouvait comprendre ou ferait semblant de croire ce qui, pour elle, ne serait que des mensonges. Et puis, à quoi bon parler de tout cela puisqu'ils ne nous aiment pas. À vous Thierry, je peux dire toute la vérité. Je n'en ai jamais parlé à personne, pas même à Romain, qui était le seul homme que j'ai jamais aimé.

En écoutant attentivement Mona, Thierry était sûr à présent que quelque chose de grave existait dans la vie de Mona. Il avait compris dès le premier jour. À l'instant où le regard profond de Mona s'était posé sur lui, dinstinct, presque comme un animal, il avait su que cette jeune femme cachait au plus profond d'elle, un insupportable secret.

- Je t'écoute Mona, ai confiance en moi, dit-il d'une voix rassurante.

- Ici à l'hôpital, j'ai eu tout le temps de réfléchir et j'ai compris qu'il était indigne de ma part de ne pas vous avoir dit la vérité, avec tout ce que vous avez fait pour moi. Voilà, continua-t-elle, ma mère est née à Oran, ainsi que ses parents qui étaient tous d'origine espagnole et catholique. Mon père est né lui aussi à Oran comme toute sa famille. Ils étaient tous de confession musulmane et habitaient depuis plusieurs générations cette ville. Mon père s'était engagé dans l'armée française, car il aimait plus que tout sa "Mère Patrie", la France. Il était Harki, c'était le nom que l'on donnait aux Arabes qui avaient fait le choix de servir la France.

Mon père, plus âgé que ma mère, habitait le même quartier de Saint-Eugène. Leurs parents respectifs ne voulaient pas de cette union. Un jour, les parents de mon père et toute sa famille furent tués par des "frères" qui n'avaient pas accepté qu'il combatte dans le camp adverse, celui des "colonialistes", comme ils disaient. C'est au mois de juillet 1962, que mon père, ma mère et ses parents décidèrent enfin de quitter le pays pour se rendre à Marseille. Ma tante me racontait qu'à Marseille, ils furent très mal reçus par certains "dockers" et par une majorité de la population Marseillaise et qu'elle avait même entendu dire que le maire de la ville à cette époque avait même envisagé de renvoyer le bateau avec tous ces indésirables et de faire ouvrir les "soutes" au large.

À Marseille, mes parents, après bien des recherches vaines finirent par trouver enfin un vieux logement dont le prix fut doublé voire triplé par les propriétairs croyant avoir affarie à de riches colons qui, paraît-il, auraient fait “suer le burnous”. Ce sont ces bruits en effet complètement erronés qui circulaient et il fallait donc payer le prix fort.

Quatorze ans après l’arrivée de mes parents à Marseille, ma mère, après quelques problèmes de santé, donna enfin à mon père son premier et unique enfant tant désiré, moi.

Je devais avoir neuf ou dix ans lorsque mes parents décidèrent de retourner dans leur pays d’origine me confiant à la garde de ma tante (sœur aînée de ma mère) jusqu’au jour où mes parents reviendraient me chercher pour vivre définitivement dans notre ville (Oran). C’était un rêve un peu fou, combien attendu. À leur arrivée en 1986, ils louèrent un petit appartement dans le même quartier où ils vécurent jusqu’à “l’exode”.

Leurs appartements, où ils avaient vécu, avaient été “confisqués” par des Arabes qu’ils ne connaissaient pas. Je ne revis plus jamais mes parents. Sans doute furent-ils égorgés. Ce drame affecta terriblement mes grands-parents maternels qui, en quelques mois furent emportés par le chagrin et la nostalgie du pays. Ma tante dut prendre la lourde responsabilité de m’élever seule et m’entoura de tout son amour pour apaiser le chagrin de cette petite orpheline que j’étais devenue si injustement.

Vous savez Thierry, son malheur fut aussi un peu le mien. J’en ai voulu au monde entier après la disparition de toute ma famille. Lorsque j’ai eu l’âge de raison vers douze ou treize ans, ma tante me racontait souvent, ce qui s’était passé à Oran pendant les “événements” d’Algérie, surtout après le cessez-le-feu du mois de mars 1962. Elle me disait, qu’à cette époque, un fossé s’était creusé entre le gouvernement français et les Pieds-Noirs. Les Français d’Algérie ne comprenaient pas le mépris des métropolitains à leur égard. D'où leur venait cet excès de haine envers des frères de race qui n'avaient que le tort d'avoir été des émigrés très pauvres dans les années 1830 et qui, par un travail acharné étaient devenus des fonctionnaires, cultivateurs, ouvriers, commerçants etc. ? Le gouvernement de l'époque avait lâchement largué, abandonné ces pieds-noirs et ces Harkis à un sort cruel. Un gouvernement soi-disant impuissant, mais allié en vérité au FLN, pourtant très peu soutenu par la masse musulmane. Elle disait aussi que la France restait muette devant le désarroi moral général des Français d'Algérie. Elle ne comprenait pas non plus pourquoi lorsqu'en 1943 des FFI faisaient sauter des trains bondés de civils et de quelques soldats allemands cela était un acte héroïque, un fait d'armes et de patriotisme. Alors que, dans le même contexte, en Algérie, un plastiquage d'auto-défense était une infâme forfaiture, du terrorisme aveugle. Où est donc la morale... ?

En France, les journaux, les radios, les médias enfin, s'en sont donné à cœur joie en fausse information, en mensonges éhontés sur d'éventuels "fossés" entre communautés françaises et musulmanes qui, en fait, n'existaient pas. Il y avait, à l'époque, ceux qui croyaient que tout pourrait être sauvé et l'acharnement de tous ceux qui voulaient que tout soit perdu.

"Le temps de la justice", ouvrage culte écrit par un "curé" guide de la jeunesse intellectuelle catholique de métropole fut un livre que ma tante détesta au plus haut point car il avait, disait-elle, une triste odeur de décadence. C'est peut-être pour cela, qu'elle n'aimait plus le clergé.

La France, disait-elle, faisait semblant de ne pas comprendre qu'en Algérie c'était la guerre. Elle revenait souvent à parler des curés ou des évêques de France. Ont-ils parlé, aussi fort contre les bombardements anglais ou américains d'Hiroshima, de Toulon, de Marseille et d'ailleurs... contre les plasticages des FFI qui faisaient souvent beaucoup de victimes innocentes.

Ces plastiqueurs étaient des résistants, par contre, ceux d'Alger, d'Oran et d'ailleurs étaient eux des "terroristes, des fascistes". Lorsque des musulmans étaient tués, RTF s'octroyait le droit d'accuser les européens, il est vrai que parfois c'était le cas. Fallait-il se laisser égorger sans riposter comme de pauvres moutons, sans essayer par tous les moyens de sauver ce pays que les Français avaient construit de leurs mains, pierre par pierre, pendant cent trente ans ? Car il faut bien le dire, ces petits fermiers émigrés à qui l'on a donné ce nom péjoratif de "Colon" n'avaient pas un centime en poche, ils ne trouvèrent en débarquant que des pierres, des marécages infestés de moustiques, de scorpions, serpents venimeux. Beaucoup mouraient d'épidémies, de paludisme, de typhus et certains d'épuisement. La RTF oubliait volontairement de parler du "stress" intense des habitants d'Oran qui devaient veiller nuit et jour, harcelés par les menaces de mort s'ils ne quittaient pas le pays avec ce "slogan" si lourd "la valise ou le cercueil".

Ma tante, disait aussi, qu'une organisation secrète s'était composée de Pieds-Noirs et d'Arabes pro-français qui désiraient ardemment une Algérie Française envers et contre tout.

Dans cette organisation s'étaient infiltrés des espions, policiers métropolitains pour, coûte que coûte, éliminer cette organisation.

Après le cessez-le-feu du 23 mars 1962, les meneurs du FLN soulevaient les douars en proclamant haut et fort que la guerre contre les français était finie "l'Algérie nous appartient". Parmi les CRS venus de métropole bon nombre étaient peu recommandables, on disait même qu'ils sortaient tout droit de prison pour venir "renforcer" les gardes de métier et leur attitude envers les Pieds-Noirs était souvent impitoyables.

Certains de ces Pieds-Noirs, sous l'emprise de la colère et d'une telle injustice leur criaient : "Un jour vos enfants et petits enfants apprendront avec qu'elle fierté leurs pères ce seront fait les complices du plus grand crime de l'histoire de France. Mais que leur importait, le gouvernement les payait grassement pour leurs exploits odieux."

À Oran, un certain général, commandité par le gouvernement français, aurait laissé massacrer plusieurs centaines, voire même des milliers d'Européens de toutes confessions, sans faire intervenir l'armée.

Dans la banlieue d'Oran, région du Petit Lac, il y avait un camp de concentration FLN pour tous les otages enlevés. Certains otages servaient à d'éventuels échanges ou pour des "prises de sang", un certain docteur français les saignait à blanc, suivant les besoins de l'Hôpital FLN de Victor Hugo.

Ma tante disait aussi, que les femmes arabes n'étant jamais fouillées, les hommes avaient trouvé le subterfuge de se déguiser en mauresques pour échapper au contrôle et pouvaient ainsi surprendre et égorger en toute tranquillité.

On sut plus tard que de nombreux écrivains, chanteurs, journalistes, intellectuels de gauche, même des curés, collectaient des fonds importants, en liasses entassées dans des valises bourrées à craquer, destination FLN. Ces ignobles individus portent depuis le nom de "Porteurs de valises". Ils étaient Français. Des gendarmes français accompagnés de soldat FLN faisaient quotidiennement irruption dans les appartements occupés par les Pieds-Noirs, enfonçant les portes, en se targuant d'être la force locale, faisaient lever toute la famille, sans aucune pitié pour les personnes âgées et les bébés, fouillaient, renversaient tout sur leur passage pour finalement emmener leurs "otages" vers une destination inconnue.

Ma tante faisait la même comparaison entre la guerre 39/45 et celle de l'Algérie. Pour l'une, il fallait éliminer tous les juifs, pour l'autre, il fallait éliminer les Pieds-Noirs et tous les Harkis. La similitude des "méthodes" employées étaient aussi horrible que celle des nazis.

Elle disait, que cette guerre d'Algérie, avait été voulue par certains "grands dirigeants" français, comme pour se venger de la guerre précédente. Les gauchistes français ont la dent dure, répétait-elle souvent dans ses moments de "révolte".

Mona s'arrêta de parler, comme pour s'assurer qu'elle ne rêvait pas et dit à Thierry.

- Je ne vous ennuie pas avec toutes ses "histoires" ?

- Mais pas du tout, répondit Thierry, fort intéressé et surpris par ce qu'il venait d'entendre. Jamais je n'ai entendu parler de cela. Jamais je n'aurais pu imaginer que de telles monstruosités aient pu exister en Algérie. Tout cela ressemble aux événements que connurent nos parents pendant la guerre de 39/45 lors des rafles de Juifs par des gendarmes français sous les ordres des nazis. En Algérie les Pieds-Noirs étaient raflés par les Français sous les ordres de l'état français allié au FLN.

Ta tante avait raison de ne pas vouloir révéler cette page horrible de l'histoire de notre pays qui, un jour, sera dévoilée, espérons le, car les Français ne doivent pas rester dans l'ignorance, la désinformation, le mensonge de nos gouvernants.

- Merci Thierry d'avoir été si attentif à mon récit que j'ai gardé en moi si longtemps et qui m'a laissé une marque indélébile dans le cœur. Même si je n'ai pas vécu ce drame, je n'oublierai jamais la mort de mes parents et grands-parents, qui n'ont eu que le tort de faire confiance et d'aimer la terre Patrie.

Souvent je pense quelle aurait été ma réaction si j'avais vécu là-bas physiquement ces événements. Si je suis fière d'être la fille d'un harki, je ne suis plus fière d'être française aujourd'hui. Le syndrome de cette guerre sans nom me poursuit.

- Je te comprends, avait-il ajouté simplement devant la douleur morale de son amie.

- Thierry, je sais que je peux avoir confiance en vous et que vous ne dévoilerez jamais ce que je viens de vous raconter, par contre, j'ai un autre secret à vous confier.

- Je t'écoute Mona tu peux avoir confiance en moi, de quoi s'agit-il ?

- Figurez-vous qu'une nuit, je devais avoir quatorze ou quinze ans, dans mon rêve, j'ai eu comme une révélation, un appel de l'au-delà, comme Jeanne d'Arc en fait. Le lendemain matin, je n'avais qu'une hâte, en parler à ma tante qui me demanda ce que j'avais bien vu dans ce rêve. "Une grande croix très haute, et une voix me disait qu'il me fallait aller dans le Nord pour brûler, détruire cet emblème." "Une grande croix dans le Nord de la France", dit ma tante étonnée, puis après avoir réfléchi quelques secondes, elle s'écria : "Mais je pense à la croix de Lorraine qui se trouve en effet dans le Nord. Connais-tu son existence pour faire ce rêve ?" "Pas du tout", lui ai-je répondu. Très croyante, ma tante se signa trois fois. "Cette croix, vois-tu, est le symbole représentant un général dont on dit qu'il aurait sauvé la France en 1944, c'est peut-être un mauvais présage ma "fille". Ma tante m'appelait toujours ma fille dans les moments difficiles qu'elle ne pouvait contrôler ou comprendre.

Thierry, sous le choc d'une telle confidence, n'avait pas répondu immédiatement. Puis, il demanda à Mona :

- Quelle fut ta réaction à cette époque ? Aurais-tu aujourd'hui le courage de réaliser le message que tu as reçu il y a quelques années ?

- J'avoue, répondit-elle un peu surprise par cette question, que j'y ai pensé souvent. J'étais trop jeune à cette époque, mais... peut-être un jour...

Puis, elle se ravisa soudain.

- Non, non Thierry, son sourire de petit fauve aux lèvres, je plaisante. Aujourd'hui j'ai autre chose de plus important à réaliser auprès de tous ces enfants déshérités de Zouérate.

Thierry fut soulagé de la réponse de Mona à sa question piège. Il savait Mona courageuse, capable de tout. Mais au fond de lui, un léger doute subsistait.

Le vent de l'histoire allait-il un jour se transformer en tempête ? Inch-Allâh.

Le souvenir de la journée passée à Zouérate le détourna de ses sombres pensées.

Mona s'était montrée très intéressée, attirée, par les enfants rencontrés dans la rue et au dispensaire. Cela avait été une agréable surprise pour Thierry. Aujourd'hui, de toute évidence, la jeune fille écorchée vive avait laissé la place à une jeune femme épanouie, responsable, qui ne désirait qu'une chose, s'investir dans une cause humanitaire comme celle qu'elle avait pu voir.

- Tu es sûre de ce que tu me dis ? Ta décision est donc vraiment prise ? Tu veux vivre à Zouérate ?

- Oui, Thierry, essayez de me comprendre, ma vie, après la mort de Romain, après avoir moi-même frôlé la mort, prend un autre chemin, je sens qu'elle doit être désormais ici, avec ces enfants...

Thierry, malgré lui, avait compris les motivations de la jeune femme. Ayant perdu son bel amour et privée elle-même d'affection durant toute son enfance, elle voulait enlever à d'autres un peu de la souffrance qui avait été la sienne.

- Ne m'en veuillez pas, Thierry, tout fut bien entre nous, je ne vous oublierai jamais.

- Je ne vous oublierai pas non plus, Mona. Vous avez été mon rayon de soleil sur un instant de ma vie ; sans vous rien ne sera plus jamais pareil. De toute façon, je serai toujours présent pour le moindre de vos désirs. N'hésitez jamais à m'appeler.

Thierry venait de vouvoyer Mona, comme aux premiers jours de leur rencontre. Il avait été surpris en s'en rendant compte et la jeune femme aussi.

- Mais vous me dites vous, maintenant ! s'était-elle exclamée en riant.

Thierry avait ri lui aussi mais le cœur n'y était pas vraiment... Mona avait repris son expression sérieuse.

- Thierry, aimez-vous les animaux ?

Cette question posée à brûle-pourpoint était surprenante.

- Pourquoi me demandez-vous cela, Mona ?

- Comme vous le savez, mon petit chien, Romain, se trouve actuellement chez ma tante. Cette femme adorable n'est plus très jeune et nous lui rendrions service si vous pouviez prendre l'animal avec vous. À part ma tante, vous êtes la seule personne en qui j'ai une entière confiance.

- Soyez rassurée, j'irai chercher Romain dès mon retour et je suis persuadé que nous nous entendrons fort bien tous les deux.

- Oh, merci ! merci infiniment. Je téléphonerai à ma tante pour l'avertir de votre visite.

Les deux équipiers étaient aussi émus l'un que l'autre. Thierry s'était penché vers Mona assise dans son lit et, la prenant par les épaules, l'avait longuement serrée contre lui avant de se diriger vers la porte de la chambre. La voix de la jeune femme l'avait arrêté encore un instant.

- Merci pour tout, Thierry, je me sens tellement redevable... Disons-nous adieu, maintenant...

- Pas adieu, c'est un mot trop triste, plutôt au revoir et bonne chance !

Avant de refermer la porte derrière lui, Thierry s'était retourné une dernière fois. Un petit geste que Mona lui avait adressé et les yeux brillants de larmes de celle-ci avaient tout à coup allumé en lui une petite flamme d'espoir pour de possibles retrouvailles...

Quelques jours après son retour de Dakar, Thierry, comme il l'avait promis, avait adopté le petit chien Romain. La tante de Mona s'était montrée attristée d'apprendre que "sa fille" avait décidé de rester en Afrique. Elle se sentait néanmoins soulagée de remettre Romain entre les mains de cet homme jeune aux qualités vantées par Mona. L'âge, les longues années de travail et les malheurs, avaient prématurément usé la vieille dame qui pensait que le petit chien blanc qu'elle aimait bien vivrait mieux ainsi dorénavant.

Heureux de revoir son collaborateur, le docteur Mattei avait été surpris par la présence d'un petit chien à ses côtés.

- Vous revoilà enfin, mon ami, quelle joie de vous revoir ! s'était exclamé le docteur tout en remarquant les traits tirés et l'aspect amaigri et fatigué de Thierry.

- C'est votre chien, vous l'avez ramené d'Afrique ? avait-il ajouté.

- Non, pas du tout, c'est le chien de Mona, la jeune femme avec qui j'ai fait le rallye. Elle a décidé de rester à Dakar... Je vous raconterai tout cela plus tard, si vous voulez bien...

Devant cette mine et ce peu d'entrain, le docteur Mattei avait compris que quelque chose de pas très heureux avait dû se passer. Il avait donc préféré faire un compliment banal sur le petit animal assis bien sagement aux pieds de son nouveau maître.

Quelqu'un avait alors frappé à la porte du bureau et était entré sans attendre de réponse... C'était Hélène ! En voyant Thierry en compagnie de son père, elle avait été surprise mais était restée maîtresse d'elle-même, feignant de s'excuser.

- Oh, je ne vous dérange pas, j'espère ?

- Non, non, tu vois, Thierry est de retour, nous discutions ensemble du rallye.

Hélène avait remarqué le petit chien couché, son museau posé sur ses pattes.

- Quel joli petit chien ! Il est à vous ?

Hélène vouvoyait toujours son amant en présence de son père ou des employés de la société.

- Bonjour, Hélène... oui, il est à moi.

Comme à son habitude, celle-ci continuait à questionner avec curiosité.

- Et votre équipière, la foraine… ?

Sa phrase avait été coupée par son père qui lui avait dit sèchement :

- Je t'en prie, ne soit pas désagréable.

- Mais, papa, avait-elle répondu avec une nuance d'ironie dans sa voix, ce n'est pas être désagréable que de demander des nouvelles de la partenaire de Thierry.

- Elle va très bien, merci, elle est restée à Dakar.

Puis, afin d'éviter les pièges éventuels d'autres questions déplaisantes, Thierry, tout en montrant du doigt le chien, avait ajouté :

- Romain appartenait à Mona...

Monsieur Mattei avait souhaité interrompre cette conversation entre sa fille et son collaborateur et ami qui risquait de dégénérer.

- Thierry, allez donc vous reposer, nous reprendrons nos propos un peu plus tard.

- Je vous remercie, Monsieur.

Et c'est ainsi que Thierry avait pu se soustraire à l'interrogatoire insidieux de sa maîtresse...

Très attentionné depuis son retour à Marseille envers son nouveau compagnon à quatre pattes, Thierry s'était aperçu que Romain manquait d'appétit et d'allant. Sans doute l'animal n'avait pas oublié sa maîtresse, il s'ennuyait d'elle, il avait bien un manque... sa maîtresse !

En pleine réflexion sur ce sujet du comportement de Romain, Thierry avait eu soudain une sorte de révélation ; comment ne pas y avoir pensé plus tôt ?

Mona, elle aussi, devait être triste sans son Romain qu'elle aimait si fort et qui, avant le rallye, ne la quittait jamais. Il se souvenait d'un jour où, au snack de son ami Philippe, elle lui avait dit : "Je suis libre comme l'air, ni Dieu, ni maître, il n'y a que Romain qui peut exercer un pouvoir sur moi". Thierry comprenait à présent la signification de cet attachement profond, vicéral, pour son petit animal.

La veille, Thierry avait reçu une lettre de Mona dans laquelle celle-ci lui racontait sa nouvelle vie en Afrique. Combien elle était heureuse parmi les enfants retrouvés au dispensaire et grâce à la gentillesse de madame Muller et de mademoiselle Diop. Combien, aussi, elle s'était vite adaptée à ses nouvelles fonctions et comme son travail lui plaisait beaucoup. Aider les enfants déshérités était pour elle un devoir sacré; ils avaient tant besoin d'amour et de soins... D'amour, sans doute, elle pouvait en donner, mais des soins? des soins sans médicaments? ou du moins très insuffisamment ?

C'est à cet instant précis de ses pensées que Thierry avait pris le téléphone pour avoir un entretien avec son patron. Dès les premiers mots, le docteur Mattei avait demandé à son collaborateur de venir très vite le rejoindre.

Quelques instants plus tard, Thierry était arrivé dans le bureau de son PDG.

- Je vous remercie de me recevoir si promptement. Je voudrais vous parler d'un sujet qui me tient à cœur.

- Asseyez-vous, je vous en prie, je vous écoute.

Thierry avait alors raconté à son patron tout ce qui s'était passé avec Mona, son accident, son hospitalisation et sa décision réfléchie et décisive de rester à Zouérate. Il narra tout à celui qu'il considérait comme un père. La préparation du rallye, la course, la journée de repos à Zouérate, la rencontre avec des enfants malades, abandonnés, la visite du dispensaire, l'accueil des deux infirmières puis la nuit qui avait précédé la journée de Zouérate où lui et Mona n'avaient pas su résister à leur désir mutuel... La morsure, aussi, ô combien inattendue, de cette bestiole surgie de son trou et l'agonie qui s'en était suivie et qui aurait pu être fatale...

Le choix de rester à Zouérate de Mona venait donc en fait du contact avec ces enfants déshérités qui lui rappelaient sa propre jeune enfance. Ce pays étant aussi le lieu de la mort de son jeune fiancé Romain...

Monsieur Mattei avait écouté ce long récit avec beaucoup d'intérêt et d'émotion. De compassion aussi pour cette jeune femme.

- Cette Mona n'a pas eu beaucoup de chance dans sa vie, avait-il remarqué. Sa décision de soigner des enfants pauvres est très méritoire, elle démontre sa générosité d'âme et la rend vraiment respectable... Que puis-je donc faire pour vous, Thierry ?

Celui-ci n'avait pas hésité une seconde.

- Voilà, je pensais que nous pourrions aider ce dispensaire, si toutefois vous n'y voyez aucun inconvénient, en lui livrant gratuitement, par exemple, quelques-unes de nos spécialités dont il aurait le plus besoin...

Monsieur Mattei avait gravement hoché la tête puis regardé Thierry dans les yeux en lui disant :

- Mon cher, je suis fier d'avoir un collaborateur tel que vous. Comme Mona, vous êtes un être généreux. Voici donc ce que nous pourrions faire : pourquoi ne pas créer une fondation, émanant de notre société Mattei-Pharma, qui parrainerait ce dispensaire ? Votre idée, mon ami, est excellente.

Une action sociale peut en outre nous faire une bonne publicité. Nous joindrions ainsi l'utile à l'agréable...

Après un petit temps d'arrêt, le docteur Mattei avait eu un léger sourire en rajoutant :

- Permettez-moi, Thierry, tout à fait entre nous, une petite question : faites-vous cela uniquement pour les enfants de Zouérate ?

Cette malicieuse question était restée sans réponse et les deux hommes, dans une évidente complicité, s'étaient longuement serrés la main. Un réel respect mutuel les avait encore rapprochés. Le message était bien passé.

Quelques jours plus tard, après avoir rempli toutes les formalités nécessaires auprès des autorités des deux pays, Thierry avait décidé d'effectuer une première livraison de médicaments à Zouérate. Une camionnette de Mattei-Pharma avait embarqué trois tonnes de produits pharmaceutiques divers. L'autorisation des autorités mauritaniennes d'atterrir à Nouakchott fut obtenue. Il ne restait plus qu'à s'envoler...

Un avion-cargo décolla de Marignane au début du printemps, emportant la camionnette et son précieux chargement. Thierry n'avait pas oublié le petit chien Romain qui ne paraissait guère s'intéresser à tout ce branle-bas... à moins que, peut-être, son instinct d'animal lui fasse comprendre qu'il allait retrouver sa maîtresse... ?

Le lendemain, l'avion-cargo avait atterri sur la piste de l'aérodrome de Nouakchott.

Dès sa sortie de l'avion, la camionnette avait été contrôlée par trois policiers mauritaniens qui avaient vérifié le chargement et demandé la destination de tous ces colis.

- Destination Zouérate, c'est à combien de kilomètres ? avait questionné Thierry.

Il connaissait la distance mais il avait appris durant son séjour dans ce pays que les policiers mauritaniens aimaient que l'on discute avec eux. Un billet de cent francs avait d'ailleurs détendu l'atmosphère, changeant de poche en quelques secondes... La réponse était arrivée aussitôt.

- Environ 700 kilomètres. Il faut prendre la route du Nord, vers Akjoujt puis Atar qui se trouve à environ 450 kilomètres puis, après 300 kilomètres vous arrivez enfin à Zouérate.

- Les Mauritaniens sont en général très bavards, d'une grande gentillesse et particulièrement hospitaliers.

- Garez-vous là-bas, avait dit le policier qui semblait être le chef, en désignant une place ombragée. N'oubliez pas de fermer votre véhicule, c'est plus sûr. Venez prendre un petit-déjeuner, il faut vous restaurer ainsi que votre chien. La route sera longue et pénible. Faites attention aux camions qui circulent, aux "taxis-brousse" et minibus de couleurs jaune et verte. Ils sont très souvent trop chargés et parfois les bagages mal amarrés tombent sur la route...

Après avoir pris leur frugal petit-déjeuner, Thierry et Romain s'étaient mis en route. Il était 8 h 30. Un rapide calcul permettait de prévoir l'arrivée à Zouérate vers 17 h. 30, à condition toutefois de ne pas avoir d'incident.

Thierry, avec la curieuse sensation d'être encore en plein rallye, roulait cette fois avec Romain à son côté. Celui-ci paraissait tout fier d'être assis près de son maître, se tenant droit comme un "I", sans doute sa façon à lui de montrer son contentement.

En prévision de quelques moments nécessaires de halte, Thierry n'avait pas oublié d'emporter de l'eau, un peu de nourriture pour lui et des aliments pour chien.

Nouakchott était une ville presque inexistante en 1960, elle comptait aujourd'hui près de 500 000 habitants. C'était une ville champignon. Il n'y restait qu'un seul bâtiment ancien où Saint-Exupéry avait dormi. Située en plein désert cette ville avait son point d'eau le plus proche à 80 kilomètres. L'artisanat en était la principale activité, on y faisait tout, absolument tout, vite et bon marché ! L'or et l'argent travaillés, le cuir décoré, les sculptures sur bois, les instruments de musique et les tapis de laine...

À la sortie de la ville, Thierry avait été arrêté par une patrouille de policiers qui, voyant une plaque d'immatriculation étrangère, avaient tendance à trouver une infraction, même s'il n'y en avait pas ! C'est alors qu'il fallait accepter de discuter interminablement ou sortir à nouveau un billet, ce qui avait le don de dissiper tout malentendu ! Le "bakchiche", décidément, en de nombreuses circonstances, fonctionne bien un peu partout...

Le véhicule était reparti et son conducteur était bien décidé, malgré cette perte de temps, à arriver avant la tombée du jour. En effet, avec un tel précieux chargement dont il avait la responsabilité, il valait mieux éviter toutes tentations, surtout la nuit en plein désert...

Enfin, vers dix-sept heures, fatigué par cette longue et épuisante journée, Thierry avait vu se dessiner au loin les premières maisons de Zouérate. Quant à Romain, après quelques kilomètres, il avait décidé qu'il serait mieux couché qu'assis et n'avait fait qu'un somme durant tout le voyage, ce qui lui avait permis d'arriver frais et dispos !

Lorsqu'ils avaient vu entrer la camionnette dans la cour du dispensaire, les enfants qui s'y trouvaient étaient accourus comme une nuée de sauterelles en gesticulant et criant à gorge déployée.

Thierry s'était arrêté au milieu de la cour, encerclé par les gamins frénétiques...

Une silhouette mince vêtue d'une blouse blanche s'était retournée au bruit de l'arrivée de la camionnette et son conducteur avait tout de suite reconnu Mona. Son cœur s'était mis à battre très fort. Il était descendu d'un bond du véhicule à peine stoppé. Mona, elle, stupéfaite par l'apparition subite de Thierry, avait porté sa main devant sa bouche comme pour s'empêcher de crier, elle avait l'impression de vivre un rêve...

Romain, qui avait suivi son maître, avait bondi et s'était élancé d'un trait en reconnaissant Mona. Il avait manifesté à sa manière son contentement en remuant frénétiquement sa queue, en aboyant et en sautant sur place jusqu'à ce que la jeune femme le prenne dans ses bras et le serre très fort contre elle. Cette scène était attendrissante et Thierry l'avait laissé se dérouler un instant avant de s'avancer.

- C'est une surprise, n'est-ce pas ? avait-il dit avec un large sourire.

Attirées par tout ce remue-ménage, les autres infirmières, Muller et Diop, étaient accourues, se demandant les raisons d'un tel joyeux vacarme...

Mona, son émotion un peu calmée, avait présenté les dames à son ami, employant spontanément vis-à-vis de lui le tutoiement de leur intimité passée...

- Thierry a été mon équipier dans le rallye. En France, il est responsable d'une société de produits pharmaceutiques.

Les présentations faites dans la bonne humeur générale, surtout celle des enfants, ravis de cet intermède et qui voyaient dans le camion une nouvelle source d'amusement, Thierry avait été invité à prendre le thé à la menthe, boisson chère aux Africains, accompagné de gâteaux au miel. Mona, son chien toujours dans les bras, avait le regard empli de bonheur.

- Que nous vaut l'honneur de votre visite ? avait demandé madame Muller avec son inimitable accent.

Son visage reflétait sa bonté en même temps que son énergie soulignée par l'éclat bleuté de son regard. Mademoiselle Diop, un peu en retrait, avait un très doux sourire presque permanent qui laissait entrevoir des dents d'une éclatante blancheur.

- Cette visite surprise, avait plaisanté Thierry, a tout d'abord pour objet de ramener cet adorable petit chien à sa maîtresse qui, comme vous le voyez dans ses bras, ne le quitte plus ! Ensuite, je viens vous livrer des médicaments pour votre dispensaire, ceci en accord parfait avec mon chef d'entreprise qui est aussi un homme de cœur.

- Des médicaments ? s'était exclamée Mona, vous nous livrez des médicaments ?

Les trois femmes avaient échangé un regard surpris.

- Mais nous n'avons pas d'argent, s'était écriée madame Muller.

- Qui parle d'argent ? Nous allons vous livrer certains de nos produits qui seront très utiles pour vos soins et cela gratuitement !

- C'est pour cela que tu es venu avec cette camionnette marquée Mattei-Pharma ?

Mona et les deux autres femmes étaient stupéfaites.

- Oui, il y a là, sous vos yeux, trois tonnes de spécialités pharmaceutiques de notre laboratoire...

Thierry n'avait pu s'empêcher de sourire devant l'air ébahi de ses interlocutrices.

- Oh ! s'il vous plaît, cher monsieur, montrez-nous votre royal cadeau, avaient demandé en chœur les trois femmes.

Thierry s'était exécuté, ouvrant les deux battants arrière de la camionnette. La vision de cette grande quantité de cartons empilés les uns sur les autres avait soulevé des "oh" ! et de "ah" ! enthousiastes, comme en présence d'un miracle !

- Il faudrait tout stocker dans un local fermé avant la nuit, avait recommandé Thierry, ce serait plus prudent.

En une heure, le précieux chargement avait été rangé dans l'infirmerie. C'était une solution provisoire, bien sûr, car une pièce affectée uniquement à cet usage était préférable. Madame Muller s'était empressée de fermer à "triple tour" la porte sur son précieux cadeau !

- Comment pourrai-je jamais vous remercier, monsieur, avait-elle dit. Nos difficultés sont si grandes pour les soins.

Combien de fois avons-nous été au bord du désespoir ? et voilà que, comme par enchantement, nous allons pouvoir mieux et davantage soigner et sauver tous nos malades grands et petits !

Thierry, ému par cette déclaration de gratitude, avait alors abordé le fond du sujet qui lui tenait à cœur, c'est-à-dire la décision du docteur Mattei.

- Mon patron m'a proposé de créer une fondation. Votre dispensaire porte-t-il un nom ?

- Aucun nom, avait répondu, intriguée, madame Muller.

- Et bien, désormais, si vous le voulez aussi, ce sera la "Fondation Mattei-Pharma". Notre société vous livrera tous les médicaments dont vous avez besoin ; ceux que nous produisons et ceux que nous obtiendrons des répartiteurs. Grâce à cela, non seulement vous soignerez mieux mais sans doute de plus en plus ; nous avons donc pensé à agrandir vos locaux. Soyez sans inquiétude, nous financerons tous les travaux.

- Madame Muller et mademoiselle Diop étaient restées sans voix. Seule Mona avait réussi à articuler :

- Mais, Thierry, nous serons insuffisantes, toutes les trois, pour assumer un accroissement des soins... Il faudrait d'autres infirmières, des personnels de santé... Y avez-vous songé ?

- Vous aurez tout ce qu'il vous faut. Madame Muller sera la gestionnaire du dispensaire assistée par mademoiselle Diop. Mona s'occupera particulièrement de l'approvisionnement en médicaments.

- Thierry, tu es un véritable sauveur !

En disant ces mots, la jeune femme avait encore employé le tutoiement puis s'était blottie tout contre Thierry. Cette attitude avait surpris ses compagnes, néanmoins ravies, qui s'éloignèrent discrétement.

- Thierry, comment va ma tante, je ne voudrais pas oublier de te demander de ses nouvelles.

- Elle m'a paru assez fatiguée, usée, sans doute, par une vie peu facile, vieillie prématurement, mais elle fut tellement heureuse de te savoir en bonne santé, contente aussi que Romain soit en bonne compagnie avec moi. Ses pensées vont souvent vers toi, cette petite nièce qu'elle considère comme sa fille.

Quelques jours avaient suffi à Thierry pour avoir les autorisations des autorités mauritaniennes afin d'agrandir le dispensaire, lui refaire une beauté, certes sobre mais plus attrayante que l'image qu'il offrait actuellement et le baptiser "Fondation Mattei-Pharma".

Les nouveaux locaux allaient pouvoir accueillir un bien plus grand nombre de malades de Zouérate. Thierry et Mona s'étaient mis au travail de jour comme de nuit, s'accordant tout juste, en se relayant, quelques heures de repos. Ils avaient rangé, dans un classement parfait, les nouveaux médicaments sur des étagères toutes neuves !

Thierry avait finalement fait embaucher Mona dans le personnel de Mattei-Pharma. Il avait obtenu de son patron le concours d'un jeune pharmacien pour initier la jeune femme aux spécificités des produits pharmaceutiques et la préparer, dans un premier temps, à une formation de Préparatrice en pharmacie.

Romain, le petit chien, s'était bien installé dans la vie du dispensaire. Toutes les petites mains des enfants qui venaient aux soins lui prodiguaient des caresses et des flatteries. Il était devenu la vraie mascotte omniprésente !

Quant à Mona, la simple foraine des marchés marseillais, elle acquérait de plus en plus de maturité et de maîtrise en attendant, peut-être un jour, de devenir la Pharmacienne-responsable de la Fondation Mattei-Pharma de Zouérate !

Deux mois, depuis tout ce renouveau, s'étaient écoulés. La fondation avait pris de l'ampleur. Une trentaine de lits s'étaient ajoutés. Des armoires métalliques et autres ustensiles avaient été livrés apportant plus de commodité et de confort à tous. Quatre nouvelles aides-soignantes mauritaniennes étaient venues renforcer la première équipe de madame Muller. Les sept "docteurs", comme aimaient les appeler les enfants, travaillaient sans relâche. La première fondation de Zouérate venait de prendre son essor.

Thierry savait qu'il y aurait toujours beaucoup à faire mais il avait estimé que tout était bien parti. Conscient et heureux d'avoir réussi dans ce difficile défi, il avait décidé de rentrer en France. Le temps prévu par son patron pour l'organisation et la mise en route avait d'ailleurs été respecté. La mission était terminée...

Il restait à Mona de montrer ce dont elle était capable. Thierry ne doutait pas que celle-ci réussirait professionnellement comme elle l'avait fait dans le rallye du Lac Rose. "Arriver coûte que coûte" était certainement la devise de Mona.

Après avoir remercié et félicité madame Muller, ainsi que tout le personnel du dispensaire, pour le travail accompli toujours dans la bonne humeur, Thierry s'était dirigé vers la camionnette, accompagné de Mona et Romain.

- Je suis très fier de toi, Mona, avait-il déclaré d'une voix pleine d'espoir, je te savais courageuse, travailleuse et voilà que j'ai découvert en plus une personne généreuse et intelligente. Je suis certain de ta réussite. La fondation dont tu es maintenant responsable doit être ta priorité afin que, demain, d'autres puissent voir que, grâce à ton exemple, beaucoup de misère dans le monde peut disparaître.

Mona avait entendu avec une forte émotion cet éloge et cet aveu de confiance. Nul, jusqu'à présent, ne lui avait exprimé ainsi une telle foi en elle, ayant si longtemps vécu en sauvageonne !

- Thierry, vois-tu, grâce à ce rallye, grâce à toi, homme de cœur et d'honneur, je vis un rêve ; c'est une résurrection, je retrouve la joie de vivre !

- Ce tutoiement que tu continues à me donner depuis mon arrivée ici, je l'ai longtemps attendu et tes compliments me touchent énormément... Toi aussi, tu m'as révélé beaucoup.

Mona s'était approchée de Thierry qui l'avait entourée de ses bras. Ces bras qui l'avaient serrée et étreinte, une certaine nuit, en plein désert de Zouérate. Quelques larmes, sans doute de l'un et de l'autre, avaient mouillé leurs joues...

Les aboiements de Romain avaient fait diversion. Le petit chien bondissait tout autour du couple comme s'il voulait faire comprendre que lui aussi avait droit à une caresse ! Mona et Thierry s'étaient mis à rire en voyant cette boule de poils blancs sauter et pousser des petits cris comme un jeune chien fou qu'il était.

Le moment du départ était bien là. Thierry, impulsivement, avait caressé de sa main qu'il voulait douce, la joue de Mona. Ce geste de grande tendresse avait troublé celle-ci qui, furtivement, avait posé ses lèvres sur celles de son ami.

- N'oublie pas de me donner de tes nouvelles, je les attendrai impatiemment.

Sur ces derniers mots, Thierry était monté dans son véhicule, mettant aussitôt le moteur en route. Quelques secondes plus tard, il n'y avait plus dans la cour qu'un petit nuage de poussière qui se mêlait aux derniers rayons du soleil couchant. Dans le silence de la cour, désertée par les enfants, Mona était restée immobile encore un instant, regardant dans la direction de la camionnette comme si elle pouvait toujours la voir. Elle avait pensé que, désormais, un travail immense l'attendait. Elle savait aussi qu'elle ne pouvait pas décevoir celui qui avait mis toute sa confiance en elle, la rendant une femme libre, responsable est heureuse !

Bien que Thierry fut à présent déjà loin, elle lui avait adressé un dernier signe de la main. Sur ses lèvres, un léger sourire d'une extrême douceur, avait accompagné son geste.

- À bientôt Thierry, avait-elle dit songeuse.

Romain s'était éloigné de quelques mètres, comme pour suivre le véhicule. Puis, s'était arrêté à la hauteur du grand portail, largement ouvert. Assis, au milieu du chemin, il tourna sa tête en direction de sa maîtresse. Ses yeux brillaient d'intelligence, d'affection et semblaient dire : "Pourquoi, est-il parti ?", "Pourquoi ne l'as-tu pas suivi ?", "Pourquoi, vous séparez-vous ?"

Mona connaissait les qualités exceptionnelles de son chien. Celui-ci avait été abandonné par des maîtres sans scrupule. Elle savait aussi qu'il rendait au centuple la caresse qu'il recevait.

- Allez, mon bon chien, il faut rentrer, s'était-elle exclamée, d'une voix pleine de tendresse pour celui qui représentait tout ce qu'elle avait aimé et qui n'était plus là.

À l'appel de cette voix chaleureuse qu'il aimait tant, le petit chien s'était levé brusquement en poussant des aboiements et remuant la queue de joie. Il s'élança à toute vitesse vers sa maîtresse. Arrivé à la hauteur de celle-ci, il tourna autour d'elle par bonds successifs, comme mû par un ressort. Puis, il suivit celle avec qui, désormais, il allait partager pour toujours la compagnie des enfants malades et déshérités de Zouérate.

Une nouvelle vie, venait de commencer pour eux.

***

Du même auteur

Maria - Nouvelle - 1995
Le vieux vélo - Nouvelle - 1996
Senteur d'Opium - Roman - 1998 - *Les Presses du Midi*